講談社文庫

最高の任務

乗代雄介

講談社

目次

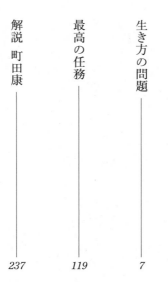

最高の任務

生き方の問題

歴史を遠ざけよ。同時性の状況に立つのだ。これが基準である。私が同時性を基準にして物事を裁くように、私もまた裁かれるのである。背後に流れる無駄話はすべて幻想だ。

キェルケゴール

貴子様

これを読まなくちゃ——今まさに貴方が読み始めた、世にも珍しいエピグラフ付きの手紙を、そんな風に認識したのはいつだった？　今日か昨日か、それよりずっと前か。

かと言って、僕はその答えを知りたいわけじゃないし、そもそもこの手紙が貴方の家の郵便受けに届く日（二〇一八年七月七日）も知っている。なにしろ僕自身がそのように指定する張本人だし、今貴方がこうして読んでいるということは、僕が立派にやり遂げたってことに違いないんだから。

ところで、手紙が届いた三日後は、僕と貴方が久しぶりに再会したあの日——楽しくも忌まわしく官能的かつ屈辱的でひどく暑かった日から、きっかり一年という計算になる。あれから変わったことと言えば、僕が二年勤めた会社を辞めたこと、自動車免許を取得したこと、貴方の一風変わった輝かしい名前を持った子供たちの背が伸びたことぐらいか。いや、忘れちゃいけないのは、きっとこの手紙が最後まで書かれ、送られ、貴方が読んでいるってことだ。とすると、こいつは僕の半生稀に見る素晴らしい一年にもなりかねないな。

貴方には、このぶ厚い（はずの）手紙のわけが、三段落を読んでなおわからないに決まってる。僕の方の事情だけを手紙という形式に則って一方的に、思いつくまま書いてみるなら——僕は貴方との数少ない思い出を絞って一滴残らず文字に変え、その冷たい艶を潤滑油に、僕を磔にしている釘を一本ずつ引き抜こうとしている——とこんな具合だ。で、その中でも一番目立つやつは僕の下腹部を中心に貫かれているみたいだから、椅子に打ちつけられて胴長の手紙を書くのは全然苦にならないというわけだ。

だから当然、僕は十数年も前から始めなくちゃいけない。僕や貴方が分別のつくずいぶん前、視神経がただまっすぐの飾りないストローで、無心に景色をするもんだから目が絶えず見開かれているようなあの頃――そこからなら幾らでもやり直しのきそうな少年時代の夏休みから。

貴方もそう呼んでいた「おばあちゃん家《ち》」は、今と同じく足利にあった。小学生の頃までは毎年、盆の時期になると、何の娯楽も積み込まれていない煤けたエメラルド色のボルボの後部座席へ朝も早《はよ》から追いたてられて、永遠のように感じられる時間を揺られたものだ。僕はこの一ヵ月というもの、免許取得に舞い上がり、家族三人いつも寄っていたサービスエリアを捜そうと躍起になったりしてみたけど、青タイルの鱗も冷ややかに大口を開けて横たわっていた公衆トイレや、個性の欠如した醤油ラーメンを啜った切りっぱなしの丸太椅子はついに見つからずだ。思い出は道路公団と共に去りぬといったところか、とにかくそれなりに長い時間が経ったってことなんだろう。

初日の夜はきまって、祖父母と、近所に住んでいる伯父の四人家族と一緒に食卓を囲んだ。隣の仏間の襖も開け放たれた居間の中央には、二つ繋げた漆塗りの座卓に誰の趣味だか小さな猫足テーブルまでくっつけられて、所狭しと不格好なごちそうが並んでいた。メニューは毎年判を押したようで、寿司の大桶が二つ、店頭にあったままのプラ容器に盛られたオードブルセット、自前の唐揚げは花柄の大皿に、酢豚は九谷焼の丼に、きゅうりとわかめの酢の物が細工のうるさいガラスボウルに。しかじかの匂いの上を、仏壇と縁側に焚かれた線香の煙が先祖の弔いと蚊の駆除に奔漂し、やがて男連中がくゆらす紫煙《けむり》も加わって……それら重たい色つきの空気が、当時まだ黄色っぽかった電灯の下に渦を巻いては崩れていく夏の風景を、暇を持て余した僕はいつも見上げていた。

いつだったか、一つ年下の従妹の彩子（可愛げを重装した貴方の妹）がこれ以上ない無邪気さで「たばことおせんこうがあれば、かとりせんこうはいらないんじゃない」と提案したことがあった。蚊の嫌いな伯父さん（毎度違うG－SHOCKをはめた貴方の父親）は苦言を呈しながらも幸福で仕方ない様子だった。伯母さん（貴方たち姉妹の容貌に大貢献した母親）が側頭部から手品師のように抜き取ったヘアピンを蚊取り線香に挟んで消すや否や、大人たちは一跳びで固有名詞の飛び石じみた会話に戻ってしまう。子供たちは、特に彩子は気が気じゃない。興味を泳がせることもできずにそわそわしてた、ところに突然（覚えてるだろ？）、窓際にいた伯父さんが食われた食われたと立ち上がって騒ぎ始めた。毛深い腕の肘のあたりの証拠を見せて回ったけど、それよりも僕は、畳を踏みしめる足の親指のニッパーで切った針金みたいな毛を断然よく覚えてる。結局、負けた彩子はわざわざ一人ひとりに謝ることになった。初めの祖父がふざけて酌を求めたせいで、真に受けるほかない彩子は、でもどこか嬉々とした様子で全員にそうした。僕にもバンビのグラスにファンタオレンジなんかつぎながら「祥ちゃん、ごめんね」と言うもんだから、大人たちは大喜びだ。哀れな僕が頬を染めると、またさらに手を叩いて喜んだ。この時を思い出すと、女たちの高い笑い声やその奥で下のパートを笑っている男たちのしゃがれ声が脳裡に響き、座敷の煙たい蒸し暑さがよみがえって、しまいには耳の裏がじっとり湿ってくるような気がする。大間抜けな僕ときたら、そんな時に限って貴方の顔を見ることをしなかった。

ここまで読み着いたとして貴方は一息をつく。どうも漢字やまどろっこしい表現が多すぎる。小さい頃の思い出ぐらい、どうしてもっとこう児童文学みたくやれないものか、と。まさかこんな面白い文章は生まれて初めてだなんて思ってるんじゃないだろうな。僕は自分の書きぶりについては重々承知してるけど、貴方が幼少期からどれくらいこうした文章に親しんだかどうかについては、全く雲を摑むような話なんだ。この事実は、つまり僕が貴方の読み手としての素性を何も知らないというのは、僕と貴方、どちらを有利にしているんだろう？　書き手はいつも、書いたものを一刻も早く読み終えて欲しいと願うべきなのか、こんなのもううんざりって貴方が手紙を畳んじゃうならそれを甘んじて受け容れるべきなのか？　まとめると——貴方のおつむに、僕はどう寄り添えばいい？　それとも、そんな必要はないのかな？

それで、彩子ってのはまちがいなく愛くるしい子だった。これは僕と貴方に誓って動かしがたい真実のはずだ。その姉で僕より二つ年上の貴方の器量が悪いとか、そういうことを言いたいわけじゃ全然ない。目の大きさも歯並びも、体型だって変わらない。なのにあの頃の彩子が華やかに映ったのは、ぼちぼち結果も出そろったようだし暴論を許して欲しいけど、生き方ってやつの問題だったんだろう。貴方に僕、そして彩子。子供が三人いる中で、親族たちのやりとりがいつも彩子を中心に進まざるを得なかったのは、一番年下だったからってわけじゃなかったんだ。そのあたりの事情は、大人達を見上げて寸足らずの顔色をうかがうしかなかった当時の（少なくとも）僕には、思いも及ばないことだった。だから彩子に酌されようが、大人たちにからかわれようが、ただ一人の同朋のそっぽを向いていたんだ。貴方はきっと、弱りきった僕を見てくれていたというのに。なにしろ貴方は、彩子が上げ膳の女たちに台所までついていくのを確かめて、畳の上を座卓と同じ高さの四つん這いで僕のもとにやって来てくれた。

「祥ちゃん、ごめんね」一時間前の彩子と同じような声色の貴方は、さらに僕の耳に口を寄せて「みんな、ひどいよね」と囁くと、僕の手首を持って自分だけ立ち上がった。目の前に、シュークリームの底にぴったりつくような小さな膝頭がきた。そのすぐ上で紫のワンピースの裾がひらひらしていた。

「おいで」

　祖父や二人の父親は、間を埋めていた女たちがいなくなったせいで、ちょうどこの頃の貴方の歯並びのような距離感で煙草を黙々喫《の》んでいた。彼らを横目に、僕と貴方は荷物置き場になっている奥の板間に行った。戸を閉めきって居間や台所の音が絞め殺された瞬間を覚えている。貴方が自分の紫のバックパックから取り出したのは、確か『よい子への道』って絵本だ。「なす」ってのをよく覚えてる。なすが嫌いな二人の女の子が隣同士の席で給食を食べるまんがで言葉はなかった。いただきますの後、一人は早々に皿の上のなすを見つけて苦労しながら先に食べ、一人はなすには目もくれずにハンバーグを食べ始める。後ではそれが逆になる。最後、二人はともにきれいになった皿を前に顔を見合わせて安堵し、仲良く身を寄せ合ってデザートのみかんを剝くんだ。

心温まる内容も相まって、それは僕にとって何より素晴らしい思い出となっている。どういうわけか、僕と貴方は身体を縦にぴったりくっつけて一緒に読んだんだからなおさらだ。

体育座りして絵本の角を膝にのせた僕を挟み込んでいる丁寧に山折りされた長い足。剝き出しの足首同士が交差して、貴方の小指が僕の土踏まずに潜り込んでいた。足がそうなら、薄い同士の背中と胸も密着してるに決まっていて、ごく清潔な息が耳にかかった。後ろから回りこませた腕の先の手の先の指が厚手のページをめくる。紙の擦れる音とともに、青白い腕の内側の比類なく滑らかな一帯が、僕の腕を幾度も撫でた。時たま小さな跳躍を見せる絵本の角のせいで、膝小僧だけがちくちく痛んだ。認識と情緒。大学時代に考える機会の多かったこの問題を、僕はいつも『よい子への道』を貴方と読んだ記憶と戦わせていたんだ。小さい貴方がチョコレートなら何でも嬉しがったりハッカを敵視したりするのと反対に、すいかあまいかしょっぱいか、何らかの味がして何らの情緒も催さないというようなことは、果たしてありえるのかな？　僕はいかにも甘そうな事実に彩られたこのひと時について、一切の情緒を思い出せないんだけど、そのくせ、あの認識をこうして描写するたびに幼い疼きを覚え、今この頭をもって子供時代に戻れたらという良くある戯れを始めたくなる。でも僕が知りたいのはあくまでも、あの日あの時あの場所での情緒なんだ。僕は貴方のお気に召すままにされながらどんな情緒の中にいたのか？　そして、貴方の方こそ従弟にあんないたずらをして、いかなる情緒を覚えていたのか？

この夏の夜の夢にまつわる二つの謎は、後に僕の中で歪に混ざり合って発酵し、分別の熱を加えてじりじり膨れ上がった。その出来上がりは、貴方が今ご覧の嵩張って中身がなく半端で息長い、おそらくあと四万字そこそこの間は死にそうにない貴方への静かな興奮と情熱だ。それは（小児喘息の気があった貴方にはピンとくるだろうけど）気管支の膨れきった病者が生きるためにする呼吸にそっくりで、自暴自棄に喉を叩いて、滲み出すつかえを気休めの快さと共に追い出せば、滴る痰の梔子《くちなし》ぞ濃き……それをいいことに、僕はこいつを書くことができるというわけだ。

言うまでもなく、あの頃の僕は今よりもっと初心《うぶ》だった。中学生に上がって早々の貴方がジュニアアイドルとして活動を始めたと知らされた時だって、アイドルという言葉の響きを素朴に崇拝していたせいで、母の優れない表情から一種のいかがわしさを読み取ることなどできなかった。むしろ貴方へのお墨付きだと励まされる一方、貴方が遠い世界に行ってしまうのではないか気が気じゃないという大立ち回りだ。

僕が四年生に上がると父が九州に単身赴任した。足利は父の実家だから、盆の里帰りはだんだん少なくなっていった。中学一年で久々に行ってみると、橙色のワンピースに秘められた十五の貴方の胸は、僕の情緒を不安定にさせるには十分なほど豊かになっていた。すでにあちこち細々とした活動をしていたらしいけど、誰もその話題に触れやしない。彩子の方がよほどアイドルらしいというのが親族の総評だったらしい。妹さんも是非にとスカウトされていたことを後で母から聞かされたし、続けて「でも、彩ちゃんはそういうタイプじゃないじゃない？」と鼻を鳴らしていたぐらいだ。本人がやりたいと言うから仕方なくやらせている。貴子には彩子に対する劣等感がある。そんなことを誰もが思っていたようだ。

「これ、見てみて」

腫れ物にさわるような雰囲気の中で、陰険な批評家どもの目を盗んだ別れ際、貴方はまたぞろ奥の板間に僕を連れ出した。紫のバックパックから取り出したのは、今度出るとかいうＤＶＤだ。軽くて薄いプラスチックのパッケージ、若干へこんだ中央で、黄色いビキニの貴方が前屈みではにかんでいた。胸には深い谷間ができている。

「あんまり見るな」はにかむ貴方の声はなんとも親しげに殺風景な部屋に響いた。僕は何とも言えず乙にすまし、股を開いてしゃがみこみ、いかにも事務的な手際でショルダーバッグの奥にＤＶＤをしまった。あの時は興奮冷めやらずの心境を隠し果《おお》せることを望んでいたけど、全てお見通しだったと言って欲しいというのが今の偽らざる気持ちだ。

　僕たち家族は昼前に足利を出た。帰りの道はＵターンラッシュで大変だった。後部座席に寝転がって狭い空を見上げながら、長い夜に備えて今のうちに寝ておこうと考えても、貴方の顔や身体がちらついて全然寝付けやしない。サービスエリアに立ち寄るのももどかしかった。僕はトイレに行くだけなのに、自分の荷物を肌身離さず持ち歩いた。父から缶コーヒーをしまってくれと渡された時はあせったもんだ。

帰り着いたのは夕方頃だったけど、ちょっとした出来事があった。代表して郵便受けを見た僕が、ダイレクトメールとチラシの隙間に僕宛の手紙を見つけたんだ。薄い水色の洋封筒は、ハートの谷間から顔を出した猫のシールで封じられていた。切手もなく、送り主の手で直接入れられたものらしい。家に上がると真っ先に部屋へ向かい、ＤＶＤと手紙を学習机の一番上の鍵付きの引き出しにしまった。片付けを終えた両親が一息つくのを慎重に待ってから部屋に戻り、急いで引き出しを開けると、手紙の端に丸文字で書かれた僕の名前の向こうから貴方が眩しく笑いかけている、そんな情景をつくって二つが一緒に滑り出てきた。僕は貴方を手に取った。手紙には触れもしなかった。

ノートパソコンの画面には、橙色のワンピースを着た貴方が映し出された（ほんの数時間前、おばあちゃん家で着ていたものと同じものだ）。イージーリスニングの流れ止まぬ中、瀟洒に見せようと意匠を凝らしてはいるが壁も高いしどうせ近郊の住宅街の外れあたりに建っているに違いない、総評：下品な建物の中庭ではしゃいでいる

（これは回想中の俗情を刺激するとともに僕の真剣さを保つために必要な描写なんだ）。淡いクリームと白で斑塗りの壁を背に、貴方は私物のワンピースの襟に手をかける。襟首が鼻を隠すところまでくると、カメラが察しよく下にパンし、たくし上がった裾から足が一気に股下まで伸びる、小刻みに揺れ上っていく裾から縦長のへそ、平坦な白い腹までが現れてくる。その肌合いと光被、撮影者の技術不足のために炸裂した錯乱《ハレーション》の中、貴方はもったいぶることなく引き上げきったワンピースをすぐ足下に落としたらしい。偶然にもその広がりが明度を完璧に調整した刹那、はにかんだ白いビキニ姿の貴方の全身が、妙に生々しいホームビデオの少女として鮮やかに映し出された。紫と黄の蛇腹を引きはがしながらむくむく膨らみ伸びていくホースで水をかけられている貴方の肢体も、僕は忘れることができない。半分近くさらけ出された胸の球面が大ぶりの花びらのように水を全て弾ききると、貴方は憂いを帯びた瞳でこちらをじっと見ながら、首と背中で貴方に抱きついているビキニの紐を自ら解いた。上を腕で押しつけたままゆっくり地べたに座り込み、そのまま寝転がる。片膝立ててくねらせた腰が少し浮いて薄い洞をあけ、そこへ後ろ回しの左手先が差し込まれると、腕と腰のラインが脇の下に優美な鋭角三角形をつくった。胸を寄せるように深く畳まれた右の指たちはくっきり現れた鎖骨のあたりを戯れていたが、やがてそれも飛び去った。小さな布はもはや仰向けの胸にそっと置かれただけになり、あろうことか画面の外から再び水が襲いかかり、僕はあっと声が出た。霧状のシャワーに貴方の表情は隠されている中、迂回と合流によって乳房のふくらみを透明に描いた水流に逆らうことなく、余った紐が脇の方へ泳いでいく。カメラが回りこんだ。裸の上をいつ滑り落ちてもおかしくない水着に目もくれない貴方は、どうして平気な顔でこちらを見つめ、今にも微笑みかけてきそうな口角を震えなく保っていられるんだろうか？　板間で僕を後ろから包んでいた貴方も、すでにこんな顔をしていたのだろうか？

結局、夕食と風呂のほかは貴方のＤＶＤの見通しだった（忌々しい夕食、三者三様のレトルトパスタソースを今でも答えられる）。お色直しは三回、場所は外からバスタブ、籐椅子、バランスボールの上、天蓋付きのベッドと十分ごとに移っていった。下半身をめぐる過激なシーンも二、三あった。何回目かの一息をついた時、両親はもう寝てしまっていた。さすがに頭がぼっとして倦怠感に死にかけながら、飛び出してきたＤＶＤを指にはめて引き出しを開けたところで、僕はようやく例の手紙のことを思い出した。これ以上ないぐらいの落ち着いた気分で開けてみると、そこにはあなたのことが好きだという率直な告白があり、待っていますと日時と場所が指定されていた。名前はどこにも見当たらない。場所は人目を忍んでか家からも学校からも少し離れた公園で、日時はそれを読んだ六時間近くも前、まさに僕が貴方に血眼になり始めた夕方五時だった。僕は元通りにシールで封をし、引き出し深くに差し入れた。後悔も感慨もなかったが、それでいてなかなか眠りに就くことができなかったのは、愛の雫を尽き果てさせながら、今も燻るこんな自問を繰り返していたからだ——あの手紙を書いたのは、貴方だったんじゃないか？

後日、ネットで貴方の評判を草の根分けて調べたら「顔30点　体90点の中学生」ということだった。僕は憤怒して数少ない掲示板やSNSを否定して回ったんだ。そのうち、議論が活発になってきた児童ポルノ問題にからんで貴方のDVDは販売禁止になった。今の貴方からすればいつか——過去か未来か、それとも他の時制があるのか——知らないが、僕は貴方を所持した罪で裁かれることになるだろう。

そのあと実際に顔を合わせたのは、貴方が高二で僕が中三の時だ。芸能活動の話はあれからとんと聞かなかったしネットにもなかった。貴方が人生で一番見たと言う『魔女の宅急便』なんてものの数でないぐらいDVDをくり返し見て目に焼き付けていた僕は、おっかなびっくり足利に行ったんだ。第二次性徴期の強風にあてられて雲行きが怪しくなってきた彩子とは対照的に、貴方の顔はますます洗練されていくように思われた。万人を黙らせる美人にできあがるには、両目の間隔や鼻孔の角度、下唇の厚さなどが絶妙ではなかったけれど、そこにこそ僕の熱っぽい視線は宿った。自室で目に焼き付けた小さな輪郭の内にあるささやかな汚点とその均衡が、目の前で音立てて麦茶を啜る。いとも簡単に現実と記憶を重ねてくれる映像というものに興味を失い始めたのはこの時だったかも知れない。僕が貴方のＤＶＤを鑑賞する回数は控えめに言って猿のようではなくなり、代わりに（かどうかはわからないが）貴方について書くようになった。

　さて、問題の貴方の態度も特にどうということもないもので、ほっとするやらもどかしいやら、それでもこんな親族の集まりに心底つまらなそうな風だったのはよく覚えてる。貴方が白いＴシャツの胸元も窮屈そうに座卓のそばにいれば退屈ではありえない僕からすれば、そんな態度は寂しいものだ。僕にＤＶＤを渡したことなんて、忘れてしまったんだろうか？

　この年齢になると盆に集まったって遊ぶことなんかない。大人と一緒になってだらだら喋って、やがて退屈する。そのうち貴方は鶯色の座布団に肘を預けた俯せでスマートフォンをいじり始め、僕の方に腰から下を放り出していた。膝上までのデニムのハーフパンツから放り出された焼きの甘い小麦色の裏腿、一つの折れ線もない膝の裏、敷居の襖溝に横倒した親指の付け根。

「何？」

見ると、ショートカットの前髪を八割れになでつけた顔がこちらを向いていた。

「別に」と僕は言った。「何やってんのかなと思って」

「別に」と貴方も答えた。そして画面を隠すように頰にスマホをつけ、じっと僕を見つめた。かと思うと急に寝返りを打ち、そのまま仰向けで操作しながら言った。「祥ちゃんにもやらせてあげよっか」

片手で差し出されたスマホの位置に合わせるように座り、慎重に受け取った。簡単ないくつかの線で画面一杯が小部屋に表現されていて、いくつかの家具が置かれた隅っこに、とぼけたハリネズミのキャラクターがちょこんと座っている。ためらいのない寝返りで覗きこんできた貴方の髪が甘く香った。

「それ、ルナちゃん」と言って貴方はハリネズミを指さした。「ルナちゃんのおうちを飾りつけてあげて」

僕は確か、黄色いソファか長椅子かをタップして、出てきた候補から切り株を選んで置き、その上にハリネズミを座らせてやった。

「ちょっと！」貴方は無邪気に笑って僕に肩をぶつけた。「ちゃんとお部屋全体のことを考えてよ」

ごく最近、この手紙を書くためにあれこれ調べて知ったことだけど、あれはルナベルを服用している者専用の管理アプリだ。パスワードを入力しなければ利用することができない。どういう事情かあの頃の貴方はピルを飲んでおり、アプリを僕に触らせて、笑顔で肩をぶつけるんだ。それがただの生理不順であろうと、僕には知る由もない様々をその身体で知っていたに違いない。

分が悪い従弟は気の毒なことに、憧れの従姉がいつ自分を例の板間に連れ出すものか待っていた。がらんとした場所に貴方と二人きり、その機会を今か今かと待つうちにもうそこは車中で、貴方は鮒色に曇った窓の向こう、皆の居並ぶ一番奥で僕の方(あの車のスモーク窓は外側からほとんど中を見通せない)に手を振っていた。

結果から言えば、それから九年、二十四と二十六になるまで僕と貴方は会わなかった。疎遠な父の田舎のことであるし、特に興味がない父も、そんな父から又聞きするだけの母も、貴方について詳しいことは全然知らなかったそうだけど、思い出したようにに入ってくる情報によれば、貴方は高校を卒業して素性もわからぬ男と半同棲なのかなんなのか、とにかくどうにも荒れた生活をしており、伯父と伯母も困り果てているということだった。僕は弱った。弱ったところで貴方に対する希望を一切捨てなかった。自惚れの塊は粉々にされたことで身体中に行き渡り、いつか貴方との逢瀬があるという確信がごく自然に僕の中にあった。

久しぶりに父母そろって足利へ里帰りしようという時、大学受験に惨敗して浪人中の僕は問答無用で置き去りにされた。一人息子がそんな状況に陥ってへらへらしている体たらくを見せるわけにはいかないというんだ。両親が貴方のことをどう思っていたか自ずと知れるというものだ。そしてこういう場合に、僕は黙って従っている。

この時、我が見栄っ張りの諜報部隊は久しぶりの大きな仕事として、貴方の出産と入籍（順番ママ）、それから子供たちの名前を仕入れてきた。

「夏子」ともみあげに白髪の増えてきた母が言った。

「意外と」普通じゃないかという含みを持たせて僕は言った（悪しからず）。

「と思うでしょ？　ところがよ。夏子って書いてなんて読むと思う？」

僕は相手の出方をうかがう時間稼ぎに、音を立てない仕方でゆっくり深く息を吸い始めた。

「サマコだって」

意地でも吸気を止めることなく頷くだけの僕への報告はまだ続いた。

「今度生まれた下の子はもっと凄いよ。ほら……ああ、ちょっと待って」どうにも愉快そうな母は独り言ち、そのくせ自分だって学がないもんだから、スマホで調べながらメモ帳に何やら書いてわざわざ渡してきた。薄赤い罫線にまたがった流麗な字で〈生粋〉とあった。

「なんて読むと思う？」

僕は貴方をバカにする仲間になりたくないから、制限時間いっぱい、考えた振りで口を噤んでいたんだ。無論、肺は膨らみきって、息を止めてから数十秒は経っていただろう。ちらと母を見たら相当に待ちかねた様子で、わざわざ椅子をこちらに向けている。しかもそこからさらにたっぷり間を取った。

「シェイキ」存外厳かだった正解の発表者は、突然我に返ったみたいに、遠く電源の落ちたテレビの黒い液晶に目を向けた。「どうしてああなっちゃったかねぇ」

「ね」

息の根が止まったまま喉の上っ面を卑劣に震わせて、僕は貴方に会いたいと思った。みんな、ひどいよ。いつか貴方にかけられた言葉を返してやりたくなった。

大学入学、卒業、就職が済んだ。男が文学部なんかに行ってつぶしがきくのかとねちねち言われていた通り、小さな広告代理店にやっと引っかかったんだ。ちょうどその年に祖父が亡くなった。葬儀にさえ貴方はいなかった。入籍を機に勘当されたのかも知れない。もう会えないのではという可能性がさすがに頭にちらつき、祖父の死以上に胸に迫り、僕の顔はお誂え向きの思い詰めた表情に固定された。久々に会った彩子は人並みに太って、顔のパーツが角度や縁取りを微妙に変えてやたらエキゾチックな案配になり、葬儀だというのに施された田舎くさい化粧の具合も手伝って、見とれるようなところはすっかりなくなっていた。僕は顔を見るたび、よくわからないため息を何度もつきそうになったけど、みんなが彩子を気にかけるのは変わらない。ペットトリマーとしてがんばっているのだと、さすがに白髪の目立ち始めた伯母さんは強調し、誰もペットを飼わなかった家系を皆で不思議がったりした。

「あたしは飼いたかったよ、ずっと」と彩子がぽつりと言った。

僕はそこで痛切に時の流れを実感し、素朴な涙さえ催した。誰もが姉の証言を取りたかったろうが、当人はそこにいなかったし、名はおくびにも出されなかった。そういえば伯父さんは、人が変わったように口数の少ない人になっていた。とっつきにくい祖母が会話に加わらないのはいつものことだったけど、当然ショックもあっただろう。

その日は通夜で斎場に泊まった。夜中近く、流しが四つ並んだ広い洗面所で一人きり顔を洗っていると、誰か音も立てずに入ってきた。気配を感じて濡らしたままの顔を上げると、鏡の中で先の丸い鉛筆の芯を舐める祖母と目が合った。

ぎょっとした顔を拭って「何？」と訊いた。

「祥一、あんたの電話の番号を教えな」部屋にあった帳面までご持参だった。

「どうして？」

「孫の連絡先を知りたくない人間がいるかい？」そう言ってこちらを急かすようにまた鉛筆を、今度は舌に線が引かれるほど強く舐めた。

祖父がこの古風な癖を持たなかったことを考えると、案外これが長生きの秘訣かも知れない。とにかくこの人が昔からそうであったように何の前触れもなく、有無を言わさずという感じだったから断る術はなかったし、年の功の言う通りその理由もなかった。祖母は番号を書き留めると、確認もせずに戻って行こうとした。

「ばあちゃん」その背中に思わず声をかけていた。「貴ちゃんは？」

「離婚して元気だよ」

洗面所の蛍光灯の一つが軽い音を立てて明るさを取り戻した。祖母はそのまま出て行った。

その時は東京にいる時に電話がかかってきたら面倒だと気を揉んだけど、いざ戻ったら、忙しくも退屈な毎日に追われてやがて忘れてしまった。そして夜中、忘れた頃に見知らぬ番号からかかってきた。

「祥ちゃん、わかる？」

耳元が猛烈に明るくなったように錯覚して、僕はあやうくスマホを取り落とすところだったんだ。

「貴子です」と改まってから、遠くなった声がアハハときた。「祥ちゃん、足利へおいでよ。おじさんやおばさんには内緒で。世間が夏休みになる前にさ？」

二十六のこぶ付きにもなって昔と何一つ変わらない貴方の声は、子供の頃に家電量販店のテレビで一緒に夢中で見たカートゥーンアニメの痛快なてこの原理で僕をすっ飛ばした。あの時、僕は狭い家中をずっとうろうろ歩き回りながら話していたんだ。手の震えもおさまって電話を切る頃には、九年も微細動していたところにAEDを当てられた心臓がどこかぎくしゃくした急ぎ足のリズムを刻み、たかだか五分の会話でもみあげは温かく濡れていた。僕は汗まみれのスマホに「貴子」と登録した。

こう書いてくると、僕が自信を持って抱えている貴方との思い出の少なさに悲しくなってくる。十数年も前から始めたというのに、僕はもう一年前に辿り着き、じきに（数段落向こうで）貴方と再会してしまいそうじゃないか。僕はここまで一日で書いたんだ。貴方はどうだろう？　ここまで、どれくらいで読んだ？　まったく読み進められないと困ってるならこの文を読んでいることもないだろうから、曲がりなりにもここまで来ているわけだ。いくら貴方が文章を読み慣れていないとはいえ、それくらいはできるはずだ。ここには貴方のことが書かれているんだから。

一つ口惜しいのは、貴方が覚えていて僕が覚えていなかったことを、今は書くわけにはいかないということだ。それらは一年前に貴方が僕に話してくれた出来事として、左に無限に続く余白——もうそこは文字で埋まっているんだろう——に書かれなければ、僕にとって嘘になる。僕は今この余白を埋めるごとに、貴方に近づくような遠ざかるようなもどかしい心持ちでいるけど、この宙吊りがまた僕に絶望的な歓びをもたらすみたいだ。僕の書きつつの切迫が、そっくりそのまま貴方の読みつつの切迫になることを夢想しながら僕は書いている。貴方がそのように読むことをほとんど祈るように期待して。どちらにしろ、僕を救ってくれるのは貴方しかいないとずいぶん前から決めてしまっていたこの頭は、今、この字——と書いた「字」の左にも下にも一点の曇りもない閑散白漠とした無風景を、貴方にも途方に暮れて欲しいと願っているわけだ。どんなに見事に埋められようと、まだ書かれない先と書き落とされた後を持ち続ける営みの重心を。

小さな会社にまともに取れる有給なんてないから、土日に出勤するので三日続けて休みがほしいと談判した。奥さんに髪を刈ってもらったばかりの上司は珍しいねと実に驚いていた。この夫婦について僕が知っているのは、ともに四十代で共働き、子供なし、奥さんは黄色いミニオンたちが犇めいているのを眺めることを至上の喜びとしているが、自身は人混みが滅法苦手ということだけだ。一方、両親には気ままな一人旅だと伝えた。実家暮らしで欠かさず母の拵えた夕食に紳士的感想を述べていた僕には難儀なことだったけど、心境の変化ということで納得してもらえたようだった。

二〇一七年七月十日、月曜日。昼過ぎに浅草発の特急りょうもうに乗るために家を出た。それより前は用事があるから午後に来てほしいというのが貴方からのお達しだった。浅草までの電車は高揚の木炭をじりじりあぶるようだった。ちらほら出る空席が遠慮がちに埋まっていく。泉岳寺《せんがくじ》駅に停車しかけた時、白地に紺の露草をあしらった浴衣の美人がドア越しに見えた。細く濃く引かれた眉に目鼻立ちもはっきりして、首筋が美しくできていた。今夜どこぞで花火大会でもあるのかと目で追っていたら、彼女はゴム張り下駄を踏みしめて、我先にと駆け込んできた。眼鏡を汚した気弱そうな男子学生の横をすり抜け、すんでのところで優先席を我が物にした。急く息を鼻孔と鎖骨で必死に抑えこんでいる姿をよくよく見たら、帯がずれて化粧も粉っぽく浮いている。朝帰りの淑女は手にしたアーモンド効果がこれ以上なくお似合いで、険しそうに目をつむると僕が降りるまでずっとそうしていた。昨晩、彼女に何が起こったか？　そうたくましく考えてやる余裕が僕にはなかったので、沈思黙考は迅速に、次のような余裕綽々の悪態に落ち着いた——まったく貴方以外の女ってやつは。

足利に特急で行くのは初めてだった。こんな外出では本の二冊や三冊を持って行く習慣だけど、今回は鞄に若干の余裕というやつを残しておくことにした。今回ばかりは実のない文字拾いに夢中になってこの現実から目を離すべきじゃないと自戒したんだ。

車窓に流れる景色へ何度も目を往復させながら、子供のように絶えずうれしいこんな気分は長らく味わっていないと上機嫌だった。貴方が僕に会いたがっていて今日会うんだって？　なんてことだ！　どこの駅だか、V字の屋根がいくつも並ぶプラットフォームの間、線路の上にだけ容赦ない陽光が降り注いでいる。光と影は幾番線かにわたって薄々とした層を交互に並べて、貴方が小学生の頃にいやいや穿《は》かされていた水彩色のストライプ模様の靴下のように、上り下りにのびている。地元の整形外科や私立大学、見慣れない広告の数々を素通りして、こちらからは見えない下り階段へ吸いこまれる人々。電車が静かに動き出してどこか陰気な駅を抜ければ、この世の全ては光の――おばあちゃん家の箪笥の上の写真立ての、青いプラスチックバットを逆さに構えて得意そうに唇を歪めている貴方がいた、あの燦々の――中だ！　黒い絶縁テープから頭を出したグリップエンドが指していたのは、こんな青空だったに違いない。低層住宅地を遠くに初夏の旺盛な稲を整然と並べた水田が何面も何面も広がり、少し前に手入れされたらしい畦までもが緑に膨らんでいる。その一帯に襷をかけるように走る細い道路は、この先で線路と交わらんと徐々にこちらへ幅寄せしてくる。ガードレールの白が鮮やかに視界へ長い線を引きながら太くなり、大きく払うような残像を浮かべてふいに途切れたと同時に掠めた黄色と黒の縞模様、わずかに耳鳴りした高い音が急降下して僕に踏切を教え、はっとする間もなく青空が一気に引き下がる、大きな川を渡る、その先に貴方が待っている!

興奮冷めやらぬまま眺めたのは利根川だったようだ。それから館林駅を過ぎた東武伊勢崎線は足利市駅で渡良瀬川に横づけすると、今度は越えることなく離れていく。暑い空気に満ちた静かなプラットフォームからは、その大きなカーブが良くわかった。

駅を出たらすぐに渡良瀬川の土手が見えた。緑色のアーチ橋を渡り始めると、言葉少なに交わした約束通り、その真ん中に待っていた。白いTシャツにデニムのショートパンツというかなり馬鹿っぽい恰好で。大きく手を振っている。遠目にも大きな胸とスタイルの良さが際立ち、互いに目を合わせたまま自然に歩くのはひどく難しかった。

「ちゃんと身軽で来たね」

貴方は挨拶もしないで、Tシャツにハーフパンツにバックパックという学生みたいな僕の服装を見てしきりにうなずいていた。

自前の濃い細眉にかかる前髪を耳の方へ送る貴方は、最後に会った高二の時からほとんど何も変わらないように見えた。二人も子供を産んだなんて嘘かも知れないと思えるほどに。

「指示の通りにね」と僕はかしこまりきらないように言った。

ところに一台の自転車が通りかかった。二人とも欄干に寄る。熱を蓄えた手すりを避けて下をのぞくと、二手に分かれた細い川筋の一本が石の間を穏やかに流れ、高くなった陽の光をところどころ反射させていた。

「動きやすい服装、すべらない靴ね」

今にして思えば、これも貴方が近々に目にした子供達の遠足のしおりにある文言なんだろう。生活の域を一歩も出ることのない貴方の言葉は、こうして書いている時に、話している時よりずっと凄まじく僕を当惑させる。鉱泉は浸かるより飲む方がいいと聞くけど、その効能のせいか、僕の台詞には一切価値が無いように思えてしょうがない。だいたい僕は、自分の言動をよく覚えていないんだ。

「自分はどうなんだよ」確かそんなことを言いながら、僕は貴方の体のどうということもない位置（どうせ鳩尾《みぞおち》の数センチ横だろう）を指さした。

「別にこれで平気だよ」と貴方は自分の姿を眺め下ろして言う。「そこまでしんどい所は行かないから」

確かに、紫のバックパックと靴は本格的なものらしかった。艶のある前髪が顔を隠すようにまた垂れる、と、急に顔が上がった拍子に強烈に目が合った。照れたように唇を結んだ微笑みが浮かび、僕の視線は川下へ逸れて目には青葉。それが離れたままにはなりえない二人きりを、まだまだ明るい日の光を、それを受け止めるこの地の素朴さを、この上なく幸せに思って言葉が出ない。

「でも祥ちゃんの、なんか高そうね」貴方は事も無げに昔からの呼び方をして、非難するように言葉尻をくるんだ。「シンプルで上質なものをって感じ？」と皮肉交じりに述べた後、一拍おいてつけ加えた。「都会人だなあ」

僕が慌てて買いそろえた一式は、貴方の言う通り結構な値段がしたものだった。軽口で文句を言った僕に、貴方は嬉しそうに笑って体を翻し、川下に向かってやたら大きな声を出すんだ。

「じゃあ、行こっか！」

広い川原を持つ渡良瀬川の下流には、すぐにまた大きな橋がかかっている。

僕は前を行く貴方に「今渡っているのが渡良瀬橋？」と訊ねた。

「ちがう、中橋。渡良瀬橋は――」と貴方は言って上流の方を指さした。三角形を組んだ桁をもつ灰色の橋がある。「もしかして祥ちゃん、森高千里知ってるの？　あたし、ちょっとだけ東京いたけど、あんまり知ってる人に会った時ないよ。特に若い子は」

そのくらいは知ってるだろうと思いながらも黙っていた。

「歌の看板があるから行ってみる？」振り向いた貴方は僕の顔を見て続けた。「あのね、『渡良瀬橋』の歌詞が書いてあって、ボタン押したら歌が流れるのよ。すぐそこだよ」

「おもしろそうじゃん」と僕は答えた。どのみち貴方が言ったことなら僕は全部乗っかるつもりだった。心中しようと言ったらそうしただろう。

「けっこうおもしろいよ。バカみたいで」そこで急に背けた横顔がくもった。「いや、やっぱダメだ」とその位置で小器用に首を振る。「遠くなっちゃうからダメ」

「別にいいって」

「ダメ！」と貴方は声を張った。その響きに自分でも驚いたのか、ごまかすように笑いながら、深く遅い一度だけのうなずきと共に胸元へ手を置いた。「予定ってもんがあるんだから」

こっちは貴方といられたらなんでもいいんだ。いつか貴方に手持ち花火の点火の順番をたしなめられた時（「祥ちゃん、赤いひらひら付きは二番目よ」）みたいな気抜けの返事を鳴らして黙っていた。貴方はもちろんむきになった理由をご存知だろうけど、ここでは構わないことにしよう。こんな謎の一つや二つは読み書きの大した理由にはならないはずだもの。これは別に負け惜しみじゃない。日頃から、読み進めたらいつかわかる謎はその筋の人たちに任せておこうと思ってるんだ。今はこの逢瀬に根を張ることに力を尽くさなくては。

足利の町は店は多いし歩道も整備されているが、人通りと車通りの少なさでさびれて見えた。これは次の日にわかったことだけど、駅周辺よりも幹線道路沿いが動脈瘤のように発展した典型的な地方都市だ。僕としてはこんな所で暮らすのも大歓迎だ。一人でこうしているほかに何の楽しみも見出せないのに、退屈な街なんてものが存在するだろうか？

角を曲がるついでに僕はその日の午前中の貴方の用事について訊ねた。貴方は歩調はそのままに、どこか眩しげな様子でビジネスホテルの反射窓を見上げていた。まるで質問が電飾文字でそこに流されてでもいるかのように。過ぎると、まっすぐ前に視線を下ろした。

「ちょっと、市役所」

僕は金輪際なんにも訊くべきではないと決めてしまった。また交差点を右に折れたら、突き当たりに濃い緑が見えた。会話はめっきり当たり障りのない話題——今日の最高気温や祖母の健康、僕の仕事——に変わり、朱に塗られた歩道橋へ上がると小高い山に茂った雑木林が迫った。車通りの多い道路で縁取りされた裾の一部は木々を払われ墓地に利用されていた。

「今から、織姫《おりひめ》神社に行きます」一際高い山の端を指さして貴方は言った。「七夕は終わっちゃったけどね」

この年になって願い事でもない。山の上かと訊いたら、貴方は急に振り返って派手な睨みをきかせてきた。限りなく一重に近い貴方の奥二重は、こんな時でなければその二重性をのぞかせてはくれないんだ。

「祥ちゃん、さては覚えてないいな」貴方は恨めしそうに言うと、下唇を突き出して眉間にしわを寄せた。「来たことあるのに」

貴方の仕草が全て嬉しい。期待に応えようと試みる僕の眼下では、小山に沿った鼠色の道路を色とりどりの車が順番に背を光らせてすれ違っていく。裏道になっているのか、さっきの通りよりも運転が荒っぽい。頭の往来に、それらしい記憶は見当たらなかった。

「こんなとこ来たっけ？」

「ここには来てない」

平板な抑揚は、そちらの家の４ＷＤの広い座席でキーホルダー付の豆本を窮屈に両手で持った貴方が読み上げたなぞなぞの答え——今もかわらない——を思い起こさせるものだった。それから貴方は腰に手を当てて偉そうに言った。

「なぜならこの上までは車で行ったから、みんなでね」

「そんなの」と僕はここぞとばかりに声を張った。「覚えてるはずないだろ」

貴方は腰から手を離さないまま笑い、照れた顔に見合った息を漏らした。「舞い上がっちゃった」

その言葉を、貴方が僕の思う意味で使っていると確信できたなら、どんなにいいことだろう？　なまじ学のある僕には、意味を置き去りにしたような貴方の言葉遣いを、幾多の字義を考慮に入れずに受け取ることは不可能なんだ。会うこともなかった長い時間に、僕と貴方の言葉はかくも大きく隔たってしまった。本来、僕には「ちょっと、市役所」などという台詞を書き記す習慣はないんだ。貴方が今この手紙を放り出していないとするならだけど、貴方は当然の権利として、貴方にわかる貴方の言葉だけを、貴方の体験に基づいて、貴方なりに読み取っているに違いないんだ。貴方の、貴方による、貴方のための……例えば役所に出した書類とか、そのとき相談に乗ってくれた薄手のグレーのカーディガンを羽織った担当者の名字とか、はたまたもっと単純に子供たちの将来とかが、そんなことを知る由もない僕の記述から貴方の頭に閃くわけだ。それを止めることは僕にはできない。要求というものがあるとするなら、件のなぞなぞが織姫神社に向かう車内で出されたものだと裏書きしてほしいってことぐらいだ。ついでにどんな問題だったか教えてくれれば完璧だ。

やっと歩道橋を下って小さな鳥居の前に出た。奥に長い石段が続く。傍らに立つ由緒を書いた看板の「縁結びの神」という惹句が僕の胸を高鳴らせたが、みっともない言動は慎もうと気を張り、隣の案内板に注意を向けた。

「境内まで二二九段？」読み上げる調子で不満を伝える。

「素敵な目的地でしょ？」

調子よく笑う貴方はもう一段抜かしで足をかけていた。やはり滑らかな膝裏は、あの広間に寝転がっていた頃との違いを見つける方が難しい。何もかも変わらずに生きているのかも知れない。浮き立つ心が貴方の身体に目を走らせた。こっちを急かすような尻の持ち上がり方も、伊達にイメージビデオを出しているわけではない。画面でなんだか妖艶に動いていた手足が、もっと自然に、瑞々しく生々しく動いている。人《ひと》気《け》もないのに。

何度目かの踊り場に斜面へ巻き付くように裏へ抜ける道がついていた。やはりもう次の石段を二、三段上りかけているお転婆に、そっちは何かと声をかけた。

「いいよ、行ってみて」ぐっと腰をひねらせた貴方は手をひらひらさせた。

そこは小さな広場で、貴方が幼少期の一夏《ひとなつ》に集めていたような白い玉石が敷き詰められている。「縁結びひろば」の彫りがある白御影石のベンチの隣に、短冊が大量に結びつけられて毛羽立ったように見える円筒状の金枠も立っていた。僕はちょっと気を張って不安定なそこらを歩いた。

「ほら、サブくんクミちゃんって名前書いてる」

遅れて来た貴方が赤い糸でぶら下がった短冊を人さし指で弾く。青白くもふくふくした二の腕が揺れ、ささやかな残像が白い玉石に滲んで溶けるように見えた。僕の網膜の片隅で、季節遅れの小さなアジサイが赤紫を湿らせていたのを覚えている。

「ショウくんタカちゃん」

まったく聞き捨てならない発言に、僕は鼻で笑って時間を稼いだ後で「なんでだよ」ときな臭さを払おうとした。そして全く不用意に付け加えた。「いとこ同士で」

「いとこ同士は結婚できるでしょ？」

教え諭すような響きが僕のほとんどの活動を止めた。足下がふらついたんだろう、玉石の鳴る音を聞いた気がする。貴方は振り向きもしないで喋り続ける。

「新婚さんいらっしゃいで見たし、アインシュタインもそうらしいよ」

「アインシュタインって」と引き受けてから言葉をさがしたところで「あのアインシュタイン？」と繰り返すのが関の山だった。

「あのアインシュタイン」

固有名詞を滅茶苦茶に和える貴方のせいで、この辺りはアインシュタインの巣窟だ。僕が小学校に上がって初めて顔を合わせた夏だと思うけど、祖母の家の庭石を協力してひっくり返した時、押し固められた土の隙間に、ちょうどこんな具合にミミズがいくつも象嵌されていたものだ。その時と同じ楽しい気分で胸がいっぱいになった僕に、親切な貴方は説明を加えてくれた。

「これ」のれを発音したと同時に舌を出す。形よく先細り、隅々まで健康的に湿っている。僕が見つめる間ずっと外に出しているものだから、そのうち先っぽがぴくぴく跳ねた。

僕の動揺なんかどこ吹く風で舌をしまった貴方は、唾液を行き渡らせながらにこやかに笑い、玉石を鳴らして階段の方に戻って行った。そしてまた石段だ。中学で陸上をやっていたせいかくっきりしたアキレス腱が、足をかけるたびに前のめりに突き立った。それと「イノシシ注意」の看板が幾度も同時に視界に入った。

二二九段を上りきるとそこは広っぱになっていて、その大向こう、小高いところにまた石段を構えた立派な本殿が見えた。左右に翼廊をもつ建物で、鮮やかな朱がいかにも新しい。そこへまっすぐ伸びる石畳の左には芝生が、右には砂利が敷き詰められている。人影といえば、見晴らしのいいベンチに若いカップルと、本殿で拝礼している老夫婦ぐらいだった。

貴方の後について本殿へ向かう。賽銭箱の前に立ったところで、僕は貴方に礼拝作法について訊ねた。

「いつもわからなくなるんだよ」

「あたしもわかんないよ」と貴方は言った。「ごまかさなきゃいいんだよ」

高々と賽銭投げてそのまま合わせた手を眉間にあてる。深い穏やかな目のつむりで一心に祈る姿に見とれた僕は、何も願いをかけられなかった。ただ漫然と手を合わせて、そこに立っていたのだ。ごまかさなきゃいいんだよという言葉だけが頭の内に繰り返されていた。

こんなことは大した罪滅ぼしにもならないだろうが、僕は良しとされるいくつかの作法を知っていた。訊ねたのは、貴方に先んじないようにするためだ。ところが間違っていたのは僕の方なんだな。つまるところ「ごまかさなきゃいい」という以上に大事なことなんて何一つとしてない。つまらぬ作法にも貴方にも気を取られず、ただ祈る愚直さがあれば、結末は変わっていたんじゃないかと僕は本気で思ってるんだ。

「それでは」貴方は手を合わせたまま僕を見やった。「いよいよ山に登ります」

僕も合掌したまま貴方を見てうなずく。

「ま、ハイキングみたいなもんだけどね」

砂利の敷かれた境内の広場から裏に回ると、上へ続く石段があった。大きく張り出した木々のおかげでずいぶん涼しく感じる。左側には等間隔に打ち込まれた杭に有刺鉄線が四本も走った実に頑丈そうな柵があり、奥に目をやると、木々の途切れた暗がりに、大きな檻が置いてある。落とし扉は上がっていた。

「そういや、さっき猪が出るって書いてたな」

「出ない出ない、そんなの」貴方は妙に自信たっぷりに言った。「この檻、二年前からあるんだもん」

「有害鳥獣捕獲等実施中、平成二九年四月一日」僕は有刺鉄線につけられた札を読んだ。三ヵ月ぐらいしか経っていない。

「毎年、札だけ替えるんだよ。出るかもしれない猪のために、こうやってぼんやり罠をしかけてるわけ。それで、一年に一回、思い出したみたいに札を貼り直すの。言い訳みたいなもんだよ」

僕は有刺鉄線の隙間から檻を見つめた。高く上がった落とし扉の天辺まで蔦が巻き付いて、手をかけるような先端を中空に伸ばしている。こうして獲物を待って長い年月が経過したのだ。出るかもしれないんだから置いていることに意味はあるだろうと言いかけて、結局何も言わなかった。鉄線の棘を結ぶように張られた蜘蛛の巣のまだ落ちきらない朝露をさっきから鶯の澄みきった声が揺らしているような、そんな中を貴方と二人で出かけているんだ。僕は今日一人で来てもこんな風景の全てについて貴方のことを思っただろう。実際に顔を合わせておきながら、そこにいない猪のことを言い合うのは鬱陶しい本末転倒だ。僕はきっと、罠について語るべきだったんだ。

これは書く必要もないことだけど、僕はこんなことは一言も言わなかった。困ったことに、その時言おうとして言わなかったことばかりを臆せず書きつけてしまうらしい。事が起こっている時に黙り込んでいたおかげで、後でより鮮明に、事実誤認を恐れることなく、自信たっぷりに書くことができるんだ。こういう処世術を身につけた者には「今こそ声を上げよ」という発破も効果がない。僕が声を上げようと考える「今」は今ではない。この声を「今」こそ貴方の頭に響かせるために今は黙るというのが僕のごまかしの作法なんだ。この鉤括弧をどちらに付ければいいかわからないほど、僕の倒錯は進行している。

「ここ登ったら古墳があるよ」

小高く盛られて草木の生えた古墳は当然立ち入りできるものではなく、縁をなめるように舗装された広い道を進む。やがて広大な駐車場に膨らむ幅のある道だった。

「じゃあ、昔、ここまで車で来たんだ」

「そうそう、おじさんとおばさんと、お父さんとお母さんと彩子と、みんなで」

左へ折れたら開けた場所に休憩所とトイレがあり、その奥にまっすぐのびて山裾の木々に見えなくなるゆるい坂道を見つけた。

「あそこから登るの?」と僕は年下っぽく訊いた。「ここはまだ山じゃない?」

「わかんないけど、まあ、山かな。山なんて、気付いたら山にいるんだから、どっから登ったって一緒だよ」答えにならない不思議を言った貴方は僕に向けた人さし指を盛んに振ると、やっと言いたそうだった言葉を絞り出した。「トイレ行く?」

僕は首を振って「いや」と答えた。

「ダメだよ、行かなきゃ！」と叫んで息を吸った貴方は「ほら、行ってきな、きな」と僕の肩を小突いた。

大袈裟に踏み出してしまいながら振り返り、「じゃあなんで訊いたんだよ」と恨みがましい軽口を返す。

「最初からトイレ行っておきなとか言ったら」貴方はむきになった口調で言葉も歩も止め、本気とも冗談ともとれない呆れ顔を僕へ向けた。そしてちょっとためらいがちに「お母さんみたいじゃん」と言葉を落とした。

こういう野暮の積み重ねが良くなかったかとくよくよしたりもするけど、とにかく僕はここでその日何度目かの、母親たる貴方を確認したんだ。ついでに、男というのはトイレの間に荷物を預けてくる異性に信頼の芽吹きに色づいた煌めきを見る場合と、それとは全く反対にしみったれた母性を嗅ぎつけてしまう場合があるということも。幼少時代から母親の教育的「お待たせ」をさんざん聞かされてきた僕は落ち着かない気分で待っていた。

貴方が背負っていたミレーの紫のバックパックは上にだけ開く構造で、無駄なポケットもない。物がほとんど入っていないせいでよれたままのナイロン生地を見て唐突に思い出した。

「これ、子供の時も使ってなかった？」僕は戻ってきた貴方に訊いた。

「まさか」水滴のついた手を前にぶら下げたまま、貴方は口をとがらせる。「三代目だよ」

「でも、同じやつだろ」と僕は自分のハンカチを渡した。

「同じじゃないよ」強く首を振りながら受け取るから水滴が左右に散った。「買い換えてるんだから」

「それはそうだけど」

「祥ちゃんこそ、やっぱりハンカチ持ち歩いてんだ」

「持ち歩いているなんて言うもんじゃないよ、ハンカチは」

「あたし今日ね！」僕の言葉尻に飛び乗るように貴方は声を上げた。「信じてハンカチ持ってこなかったんだよ。子供も今日はいないしさ。勘が当たったたや」

「そんなに簡単に変わらないよ、人は」僕の語調は逃げ腰になった。バックパックを子細に眺め、心を奪われたような表情まで浮かべる念の入れようだ。「懐かしいな」

貴方はそんな僕を値踏みするようにじっと見た。

急に淑女のような手つきで水気を拭きながら、気持ちの映らない微笑が浮かんできた。

「今、思い出したんでしょう」

この紫のバックパックときたら、みんなでどこぞへ花火をしに行った帰り道も、獲物を燃やしきって、貴方の背中であんな風にくしゃくしゃによれていた（中にあったのは喘息発作を避けるための小児用マスクとチャッカマンだけだ）。そして、その数年後、貴方は同じバックパックから自分のＤＶＤを取り出して僕に渡したんだ。この一瞬で僕がそれについて深く考えられたなら、僕はもっとまともなことを言えたに違いない。

「こんなん持ってんの、貴ちゃんだけだったよ」と頭の回らぬ僕は言った。続けて披露したのは、普通は全体が水色とかピンク色をしていてグレーの縁取りがある、ポケットの沢山ついたようなのを使うんだとかいう、まったく愚にもつかない長広舌だ。

「彩子がまさにそういうの持ってたよ」

「貴ちゃんは我が道を行ってるから」心から発した空疎な言葉は澄んだ空気の中です

ぐに様々な意味を含んでいきそうで、慌てて「いい意味で」と付け加えた。

「悪い意味でしょ？」貴方は不機嫌そうでもなくへの字に曲げた口の頂点を僕に向けて、すぐに戻した。「でもあたし」と言った後には何発かの意味深なまばたきが入った。「子供の頃に好きだったものって、好きなまんまだよ」

急にかがみこんでバックパックをさぐる貴方に向かって、僕だってそうだと言えば良かった。でも、僕の視線と思考は、貴方のTシャツのゆるくない襟元にのぞいた胸の谷間に巻き取られた。

「あたしも色々あったから、子供の時のこと忘れちゃわないようにしてんのかもね」軽い調子の最中、貴方は唐突に顔を上げた。「それか」豊かな胸の手前に、幼くも整った顔立ちが狂ったピントで現れる。「祥ちゃんにそう言ってもらうために使い続けてたのかもね」

貴方の視線に目が眩み、眉間から大きくどろっと溶け出すような感覚を催した。その後で——この順序に間違いはないと思う——貴方の言葉を理解した喜びが、いつか貴方と仏間で空気を吹きこんだ風船のように、わずかな疲れを伴って一気に膨らんだ。

高揚して鼻を鳴らした僕に構わず「祥ちゃん、飲み物買おうよ」と屈託のない顔で小銭入れを振る、そんな貴方の仕草もなんだか見覚えがある。

貴方はミネラルウォーターを、僕はお茶を買って、それぞれ一口飲んだ。貴方はそれを二本ともバックパックに入れようと手を伸ばす。思わず遠慮した。

「祥ちゃんのには、着替えとか色々入ってるでしょうよ」貴方はたしなめるように言う。「それに、ちょっとは重くないと不安になるからさ、貸してよ」

「不安にね」良くわからなくて繰り返した。

貴方は二本のペットボトルをベンチに置いて、ほとんど空のバックパックを背負うと、小さくジャンプしたり、体を震わせたりした。貴方の背にこすられたナイロンのか細い泣き笑いの声を僕は聞いた。

「なんかこれがこそばゆくてさ。おばあちゃん家出てからずっと不安だったんだ」

僕は貴方に遅れて弾む貴方の胸しか見ていなかった。結局、飲み物は貴方が背負うことになった。

しばらく舗装された道を歩いた。まだ山道ではないから、一面の青い空から陽光が容赦なく降りそそいでいた。すぐに汗がにじんできたけど、弱く吹き下ろしてくる風に冷たいものが混じり始めて、僕は貴方の横で心地よく顔を上げた。

「噴水があるからね」

この時の僕の感動についてくだを巻くのも気が引けるけど、こんな気分を味わったのは、風船をずっと膨らませたままにしておくにはどうしたらいいかという謎に立ちすくむ幼い僕を貴方が救ってくれた時以来だ。貴方は僕の手から一切空気をもらすことなく風船を取り、その指先でどんな魔法をかけたやら、完璧に張り詰めさせて僕の頭上に打ち上げてくれた。もう一年ほど遡っていいなら、あの板間で『よい子への道』を読んだ時になる。

坂を上りきった瞬間、ツツジの植え込みの向こうに、噴き上げられた水の玉がいくつも宙に止まって見えた。いくつもの藤棚付きのベンチが泉を囲う円形の広場には、人っ子一人いやしない。僕と貴方は泉を周回した。涼しげな水音こそ響いているが、泉の水は藻をためこんで澱み、すり鉢状のゆるやかな縁に撚られた緑を何重にも干上がらせていた。

「祥ちゃん、ここ覚えてない？」貴方は空に透かした水のきらめきを見上げるばかりだ。「子供の時、一緒に遊んだんだよ。噴水だって、靴脱いで一緒に入ってさ」そしてツツジの植え込みを指さす。「この花の蜜、二人でばんばん吸ってさ」

そんな楽しそうなことは僕の記憶のどこにもなかった。でも、貴方が僕との思い出を覚えていることが嬉しい。二人が花の蜜をばんばん吸っていたのも嬉しい。

二人のうち男の子の方を僕が知らないのも奇妙なことだけど、まるで仲睦まじい子供たちの「若葉のころ」を見るようじゃないか……でも僕は、その時の貴方よりこの時の貴方の方が好きだという気がする。そして、この時の貴方よりも今の貴方の方が好きだという気がする。今これを読んでいる貴方の方が、ずっと確かで、ずっと好きだという気がする。

少し行くと石段があり、両崖山《りょうがいさん》の登山口を示す案内板が立っていた。今までゆるゆる登ってきたのは別の山なのか、そもそも山ですらないのか。貴方のだんまりに僕も倣った（僕は今もこれらの山の境界を知らない）。石段を上りきると、そこから岩場の道になる。黄土色の岩肌が角を立てて連なり、ところどころで赤茶に風化して小さく切り立っている。僕は自分が山歩きに耐えうるものか心配になって弱音を吐いた。

「平気だよ、普通の土の道もあるし、そこまで険しくもないから」

「貴ちゃんみたいにハードル飛び越したこともないし」

「ウソ、体育で何回かやったでしょ」

「体育でやるのと、飛び越すかどうかは別問題だろ」

「祥ちゃんってそんな運動神経悪かったっけ？　ちっちゃい時に登ってるんだから、びびることないって」

「覚えてれば励ましになるけど」

「それにあたし、犬が登ってるのだって見たことあるもん」

「犬の方が人よりよっぽど登れるよ」

貴方は急に僕の方をしっかり向いた。勝ち誇った顔だった。

「ヨークシャーテリアだよ？」

小型愛玩犬の運動能力はさておくとして、まったく貴方の主張通り、傾斜のある岩場も手をつけば難なく登っていけるぐらいのものしかない。すぐに貴方も振り返らなくなった。

「貴ちゃんってさ」と僕は言った。「犬飼いたかった？」

「別に」

僕はじっとり汗をかきながら、貴方の広角にぐっと分かれる足の付け根あたりを斜め下から見上げていた。太腿とショートパンツの裾のささやかな隙間に、ストレートラインの指輪影が薄暗い停止線をつくっていた。厚くなり薄くなるあらゆる角度からの半円、眼福と憂愁の境界。

「二年前は、なんでここに来たの」と僕は訊ねた。

「なんで二年前？」貴方は歩を緩めないで質問を差し戻した。

「さっき下で言った」

貴方はああと頷いてちょっと考えるような間を置いた。

「おばあちゃん家に来たら近所だもん。来れなくないでしょ？」

「しょっちゅう来るの？」

「隙を見て、しょっちゅうね」と貴方は苦笑いした。「食べ物もらうだけでもちょっと寄ったりさ。どんなに簡単なものでもいいから、あれば帰りに寄るの。ほうれん草のおひたしとか、酢の物とかね——覚えてるでしょ、きゅうりとわかめの。おばあちゃん今でもあればっかり作るんだから。でも祥ちゃん、お盆の集まりでも全然食べなかったよね」

「嫌いだね、あんなん」

「おばあちゃんだけは、いつでもあたしの味方だから。子供の頃から、彩子よりもあたしのことを気にかけてたのって、おばあちゃんだけだもん。そうじゃなかった？」少し淋しげな表情を浮かべた貴方は、横にいる僕の左肩に唐突に手を置くと、顔に少しずつ笑みを注ぎながら言った。「あと、祥ちゃんもかな」

自分の要領を得ない返事よりかは、肩に感じた軽みを妙に覚えている。酢の物かほうれん草のおひたしか、どちらに喩えるか迷うぐらいに生々しい軽みだ。どうして貴方は僕の好意をこんなに簡単に確かめてしまうんだろうか？

役目を果たした手が流れ落ちるようにして離れ、左肩がほどけていくような感覚を覚えた。鳥か何かが飛び立って、貴方は弱い心電図のような喉の線を晒して木立ちを見上げた。

「二年前は一人で来た？」そこに向かって僕は訊いた。

「うん」と貴方は見上げたまま窮屈そうにうなずく。

「子供たちは？」と口に出して、やっぱり変な感じがした。

貴方に子供がいるという事実は、僕を驚きの中に突き落とし続けている。こんなことが、どうして貴方に起こったんだろうか？　どうして貴方は、今の貴方のようにしかなれなかったんだろうか？　もしも貴方がそんな風でなかったのならば、僕はいつもの弱気を万全に発揮して、貴方をすっぱりと諦めていたんじゃないか？　だとしたら、僕が今の僕のようにしかなれなかったのは、貴方のせいなんだろうか？　ここまでは周知の事実だからどうでもいい。僕が気になるのは、その逆も然りかということなんだ。貴方が今の貴方のようにしかなれなかったのは、僕のせいだということも、果たしてあり得るのかということなんだ。

「今日と同じだよ、おばあちゃん家で預かってもらって」と貴方は答えた。「さすがに一緒には来れない年だったから」

「そういうことじゃなくて、なんでそうまでしてここに来るのかってことだよ」

「だから、近所だからだよ」

僕がこの会話をよく覚えているのは、貴方に対する苛立ちをわずかながら覚えたからだ。子供じみた受け答えを繰り返すのがもどかしかった。

貴方はまっすぐこちらを見た。自分のものよりも上等で深刻な感情がいわば後出しされているのを見て取り、僕は身構えた。

「昔っから悩み事があると、ここに登るの。これ背負《しょ》って、子供の時みたいな服で」

貴方は華奢な両肩にかかったバックパックの細いベルトにそれぞれの手を添え、離して天に向けるおどけた仕草で、しかし表情は真剣そのもので僕を見つめる。「そんで天狗山《てんぐやま》から町に下りるの。そんで、銭湯に寄って、全部さっぱり忘れて帰るの。そういうお決まりのコース」

「冬もその恰好で?」と訊いてから、馬鹿なことをと自分で思った。

「冬? 冬は来ない。冬は悩まないのかな、あたし」

冬、冬、冬と貴方の声が等間隔に響くのに気を取られる。

「いっつもさ、夏が来ると、ダメなんだよね」

確かに貴方には夏がよく似合う。というか、僕と貴方は夏にしか会ったことがなかったんじゃないか。夏毛ですれ違った雄狐と雌狐は、匂いも嗅がずに冬毛の互いをわかるんだろうか?

ここまで書いて半ば陶酔しながら寝床に入ったというのに、僕は今、何気なく選んだ昨晩の比喩にショックを受けている。狐の繁殖期が冬だということを今日になって調べたんだ。こうした問題は、狐を夏に盛る熊にすり替えれば済む話じゃない。一度書いたことは決して無かったことにはならないから、どんなに偏執的に熊について語ろうが、そこには夏にしか逢わないつがいの狐がふらふら付きまとうだろう。自然とは何の縁もなさそうなこの洋紙の上で、偶然のように浮かんだ一つの隠喩に憑かれ、あの畏怖すべき自然を愚かにも再現しようと自ずから始まるものがある。僕は——自分を損ない妨げるような——閃きを隠そうとして砂のような文字の中に自分を埋《うず》めるんだ。せっかく年がら年中の発情期を与えられながら、この平面上には情欲に勝る未知の倫理があり、それが僕をして貴方を雌狐と呼ばせることを許してしまう。例えば貴方はツツジの蜜を僕と一緒に吸ったと言うけど、真夏に咲くツツジがあんなところに植わってるはずがない。気に病んだ僕は、同じようにありもしない思い出を一つ、逆鱗のように手紙へ埋め込んで素知らぬ顔を続けている。考証なしにそれとわかってむっとするのは貴方ぐらいのものだろう。僕は貴方とおあいこでいたいし、悪感情が読み進める手助けになるなら、今回ばかりは利用したいと思ってるんだ。

　無論、この時の僕にはただ、冬、冬、冬という言葉が耳に響いたばかり。その喉から押し上げたような音が、もっと話をという気分を盛り上げる。どんな話題でもいいから、もっと貴方のことが知りたい。あわよくばこの物語が進むように。それには核心をついた話の方がいいだろうかと都合よく考えていた。

「そっちも色々あったから」と僕は言った。それから恐ろしく不安になり、暗い声でつけ加えた。「心配してたんだ」

「ありがと」貴方は急に愛嬌たっぷりの笑顔を浮かべた。「あたしも、祥ちゃんのこと考えてたんだよ。大学に進学したって聞いたときはさびしかったよね、遠くに行っちゃったみたいで。ずっと合格しなきゃよかったのに」

「大学くらいで大袈裟だよ」笑いの内に悪気なく言った。

「あたしには遠い世界だもん」急に抑えた声になった貴方は木々の切れ間にのぞいた遠く青みがかった景色の方に顔を背けた。「バカなシングルマザーには」

貴方はなんて言葉を遣うんだろう。こうして書き起こしていると、この石鹼歌劇を（今まで必死にこらえてきた）美辞麗句の吐瀉で塗り込めそうになるよ。でも仕方ないんだ。紛れもなく僕に向けられた、貴方の言葉なんだから。然《しか》して素朴な人生経験しかない二十四歳の男は、それに対して何を語ったって言うのか。いとこ同士であることは何の役に立ちそうもないし、なんならこの時も今も、それを邪魔くさく感じているというのに。

はたして僕は黙りこんだ。誰しも、沈黙という手札なら無限に持っている。しかし、こいつを最大限に有効活用するには、その時のどんな魅力的な手札を差し置いてでも、意固地にそれを出し続けなくちゃいけない。ジョーカーとして用いるようなやり方は、卑怯者もいいところだ。

「ほんとに、もう会えないと思ってたもん」いつの間にか僕より後ろにいた貴方の表情――感傷の中にはいたようだけど、浮かんでいるのはちょうどのろのろ背泳ぎする子供のような真顔だった。「二年前にここに来て、ここで祥ちゃんに会いたいと思ったの。めずらしく夢が叶ったや」

この木に竹を接ぐような「や」は貴方の癖だけど、それが子供の頃からのものだったかどうか僕にはわからない。あの頃の僕ときたら貴方を目に焼き付けるばかりで、話を聞くのは二の次だった。でも、夜中にやった大富豪で、貴方の「上がったや」という声を確かに聞いた気もするんだ。

「二年前に何が？」踏ん張って急所を登る動きに胸騒ぎを紛らせて訊いた。「悩み事があると登るって言うならさ」

「祥ちゃんが大学を卒業した」

「そんなわけない」

「養育費をあきらめた」

こうして僕はまた黙らされる。貴方はそれこそジョーカーをまじえた六枚階段を場に放ったみたいな乾いた笑いで、返事のいらないことを伝えてきた。

剝き出しの岩場が続いて木陰の恩恵を失い、暑さが覆いかぶさってくる。行きしなの会話によれば、この日の最高気温は三十二度だったということだ。僕は何度も汗をぬぐい、貴方の前髪も束がちに濡れている。次の日陰に立ち止まって水分を取った。

「お茶も飲みたい」と貴方は僕の方に手を伸ばした。

蓋が開いたままのを黙って渡すと、厚い唇が傾けたペットボトルの縁を包み込むように添えられて、口の中に黄金色の液体が流れこんだ。そこからこぼれたように見えた頰の汗の一しずくが、顎と耳の中間から首筋、さらには胸の谷間まで、光の火花を散らしながら垂れていった。

「ありがと」

返してもらって一口飲んだ僕は、ぬるいお茶の味をいつまでも舌でさぐっていた。

なんだかＡＶのノベライズでもやってる気分になってきた。そこでは十中八九、事が始まる前には三文芝居が繰り広げられるわけだけど、見ている方としては、先に起こることが自分を悦ばせるという確信がなければ、そんなものに耐えられるはずがないんだ。これは、作り手にだって言えることだ。それで今、僕と貴方の確信の程度はどんなものだろう？　これを読んでいる貴方はもう結末を知っていると言えるんだろうか？　その結末は貴方を悦ばせるかな？　また、僕は絶対に嘘を並べたりしないんだろうか？　きちんと、事実通りに、貴方と結ばれぬように書けるだろうか？

木々に挟まれた尾根はそれなりに険しい岩場の道だった。とはいえ傾斜はほとんどなく、かなり先まで見通せる。岩石の隙間へふと大きな木が伸びているせいで、日向と日陰が盛んに入れ替わっていた。そこを小柄な白人男が一人やって来るのが見えた。

彼はもう数十メートルも先から貴方の身体を注視していた。刈り込んだブロンドで、黒いタンクトップに黒い膝までのスパッツ。それなりに逞しい体で、睨むようにできている目元は足下も見ず貴方だけに向けられて、体を斜めに、突き出た岩の間を縫うように下りてくる。

下世話な話だけど、僕は貴方が襲われるんじゃないかと思ったんだ。Ｔシャツを襟元から引き裂かれて、硬い岩場に押し倒されてめちゃくちゃされるんじゃないかって。

僕の視界に貴方たちの両方が収まった。暑い日射しに空気は霞み、二人の露出した白い同士の肌が、水面の油滴のようにつながりかけて、つと重なった。鼓動が速く強く、自分の耳にも響いてくる。意識が充血し、僕の方が貴方に襲いかかってしまいそうになるそんな時だった。

「こんにちは」

透き通るような貴方の声で時が止まった。足を止めない貴方が僕の視界を開く。呆気にとられた表情を浮かべた異邦人の黄色っぽい目玉は、それでも貴方の、今度はくびれを追いかけていた。彼は大きく、体を膨らませるほど息を吸った。

「コンニチハ」

片言の愛嬌どころか相当に不穏な響きがあった。僕には一瞥もくれない彼の横を通り過ぎる。少しして振り返ったら、彼は右手で鷲摑みにした股間をぐっと持ち上げるようにして、こちらを見上げていた。僕にはまるで無頓着な視線の矢に急かされて、貴方を追いかける。

あたりは特に傾斜のきついところで、振り返ればさっき傍を通り過ぎた木の梢がすぐに眼下へ落ち込んで、密集した若葉で元来た道に蓋をしている。ふいに木々が途絶えて段になった山肌の日向に出た。そこに張り出した木製のデッキの上には、組んだ木を打ちつけただけのテーブルと椅子がある。誰もいないそこまで貴方は一目散に駆け上がっていき、身を乗り出した背伸びでしばらく景色を眺めると、振り返って手招きした。

青空の下、足利市街が一望できた。

「いいでしょ」貴方は椅子に座って足をのばした。「ちょっと休憩してこうよ」

気分良さそうに睫毛を伏せている貴方の薄いもみあげを潜り抜けた汗が、ゆっくり育ちながら柔らかな輪郭を顎まで伝っていく。僕はその成長を見守るのに良さそうな斜向かいに腰を下ろしたけど、雫は血管の青走る手の甲で拭われた。貴方はそのまま両腕をテーブルに放り出す。天を向いた薄い手のひら。外側にしなった無毛の腕、幅も奥行きも頼りない小さな肩。その間に大きな胸が寄せられて、この町のなんてことない景色は文字通りかすんでしまった。

「ここで昔さ」と貴方はこれからする話にもう笑いながら言った。「何食べたか覚えてる？」

僕は首を振った。思い詰めたような表情になっていなかったら儲けものだ。

「ミルク寒天だよ、みかんの入ってるやつ。祥ちゃん、スーパーで買ってもらってわざわざ持ってってたんだ。すっごいぬるくなっちゃって、こんなとこで気色悪いもん食うなっておじさんめちゃくちゃ怒るしさ。その後も止まんなくって、今までずっと黙ってたけど、それはバカの食い物なんだって」

「ひどいな」

「この話って、ちっちゃい時もしたことあるよね。二人っきりで一緒に絵本読みながらさ。なすの話だよ」

その話題なら、僕はさりげない会話を必死で取り繕おうと身構えなければならなかった。「よい子への道」

「そうそう」と言う貴方の目がいたずらっぽい光を湛えて僕を刺した。「好きな食べ物の話になって訊いたら、祥ちゃん、みかんの入ったミルク寒天が好きだって」

「覚えてないな」と正直に答えた。「貴ちゃんは何て言った?」

貴方はすぐには答えず、恥ずかしそうに笑って言った。「アジの開きの右側」

予期せぬ答えを再現するだけで、あの時同様快い笑みを抑えきれない。しかし不思議なのは、実際そんなことばかりなんだけど、僕の記憶にこの妙な答えが影も形もなかったことだ。幼い僕はやはり、あらゆる言葉を聞き漏らすカメラだったのか？

「なんで右側？」

「骨取っちゃったら何の心配もないでしょ」

「今も好き？」

「好きだよ。ミルク寒天は？」

僕は万感を込めてうなずいた。貴方はふっと和んで、うっとりした風を顔中になびかせるように微笑んだ。

貴方は僕なんかに、たかが従弟の身には余るような表情を、どうして見せるのか。いや、こんな思いは歓びや興奮にかき乱されて、疑問や反省状に突起してはいなかった。だからこれは紛れもなく、今の僕が貴方にする問いかけだ。なぜ貴方は、従姉ではなく一人の女として、僕の前に現れた？

貴方は誰もいないみたいに遠く小さい市街を望みながら、くわえるようなふざけた飲み方でお茶を飲んでいる。照れ隠しのようにも見えたけど、この時の貴方なら何にだって見えそうだった。渡良瀬川がとぎれとぎれに目端にちらつく。さらに奥には、広い関東平野の有象無象が地平線に青白く積もって滲んでいた。

「あたしもお茶にすればよかったや」

貴方はいつの間にか口を離してパッケージをまじまじと見つめていた。

「そんだけ飲んだら貴ちゃんのみたいなもんだよ」

はっとした貴方は「ごめんごめん」と笑って、残り少ないペットボトルを返しかける。

「好きなだけ飲んでいいよ」

「いやいや、二人で飲もうよ」首を振って飲み口をまっすぐ向けてくる。「一緒にさ」

白いプラスチックの濡れた飲み口。伝っていけば、袖をくぐって体の隠れたところへ続く無防備な白い腕。

「それ」と僕は言った。「意識しないの？　さっきも思ったんだけど」

「何を？」半端に開いて濡れた唇からの涼しい声。「間接キスだって？」

僕の返事を待たず、貴方は続けざまに次の言葉を炎天下に繰り出した。

「いとこ同士なのに？」

わずかに傾けられた笑みともいえない笑み。これまでのどれとも違う美しい動きは、あろうことか足かけ十年、ＤＶＤで百万遍は見た表情だ。この一途な脳裏に思春期から焼き付いている親しげな顔つき。心持ち内に巻き込んで艶めいた唇が笑顔の方へ弓なりにのびていく予感に、時が止まったように感じるあの瞬間。それが目の前にある。

「祥ちゃん、キスしようか」

反射的にか細い手首をつかむ。それで仕掛けが外れたように斜めに跳ね上がった。微笑が目前に迫り、差し迫った無言に震える口元を、あ、と音が漏れたばかりの唇へ押しつけた。やわらかな感触とほのかな香気に濡れて、僕の口はだらしなく破れたが、そのためらいの内側へ貴方の舌は平然と入ってきた。煮崩れた苺がふつふつもつれ合って絡むうち、熱と麻酔は全身に行き渡り、汗びっしょりのどちらからともなく離された。

僕は行為に没頭してしまわないよう、こうして時々、手紙に覆いかぶさった身を山の上から引き剥がしたいと思う。そうしなければ、僕は情事をいつまでも延長し、この手紙を一生かけても終えられなくなるだろうし、貴方もこの手紙をいつまでたっても読めやしないだろうから。僕も貴方もゆめゆめ我を忘れてはならないんだ。そのためには、あの実際はどう絡めたのかも覚えがない舌を今も試しに動かしてみることができるのは、今この時の「我」だけなのだという事実に目を背けなければ——ごまかさなきゃ——いい。これを書き終えられるのも、読み終えられるのも、一番外にいる僕と貴方しかいない。僕たちは二人きりなんだ。

熱く忙しない呼吸で見つめ合う間に、二人とも唾を喉へと送りこんだ。元来た山道を見下ろしても誰もいない。それも頭を冷やす契機にはならず、興奮は下腹部に根を張って揺るがず、貴方の精彩にからみつこうと研ぎすまされる。

「登ろう」貴方は薬指の腹で口をぬぐうと慌ただしくお茶をしまった。「どっか」誰もいない所へ。歩き出した貴方を追いかける。山頂に続く石段下に東屋があった。貴方は立ち止まって振り返り、僕を見た。ここじゃ人目につきすぎると思う間もなく、歩み寄ってきた貴方は見開いた目、唇、身体を順番に僕へ寄せた。舌をすり合わせる間、貴方の長い四肢を丸め込ませようと何度も挑戦する僕の腕の中で、貴方の身体は小さく左右にひねられた。擦れ合った熱が狭間にあるものを炙って、何事かが込み上がる。

口を離してまた見つめ合うと、貴方は鼻腔に微かな笑いを響かせて「祥ちゃん」と呼んだ。そして僕の耳元にまた口を寄せて囁く。「上に行こう」

手を取り合って石段を駆け上がった。二人とも息を切らしながら、でもぜんぜん疲れた気はしない子供の頃のように先を急ぐ。二つの小さな鳥居をくぐる。足利城跡という看板が目に入った。いくつかある社の一番奥の裏に、古い落ち葉を踏み分けながら回った。

石台になだれこんで沈みかける体に抗って、貴方は首を伸ばしてくる。舌と舌を取り合いながら上へ覆いかぶさり、腰から胸へ手を這わせ、その襟元から差し入れて、肌と下着の隙間に指を這わせた一瞬、いっそう白い肌の色が暗がりに開いた。その明るみを遮った指先は匍匐前進を続け、手首までもぐった時、中指と薬指の関節の中間地点に小さな乳首が発見された。指先はまだ終わらない豊かなまとまりに埋もれ、無意識に力がこもったか、貴方が大きく息を吸ったか、指の股に吸い付くような肌理《きめ》がくっとふくらんだ。指の横っ腹が冷えて柔らかな乳房につかる感覚があっという間に背筋まで走り、身震いして見下ろせば、物欲しそうにこちらを見上げる潤んだ唇の間、桃のシロップをたっぷりまとったような赤い舌が誘うような寝返りを打っている。上から口をかぶせると、助けを求めるように下からなめ返してきた。鼻から漏れた熱い息を頬に浴びる。その時、石段の方から足音が聞こえた。

夢中で書いていた僕は驚きとともに我に返る。前段落に一週間――ブラジャーという無様な言葉を除くのと我が手を歩兵に喩えるのとに三日ずつ、全体の調律に一日、その間に落ち着きを取り戻すために射精十三度――を要した結果、あの時とは何もかも違ったようだし、事実をねじ曲げて都合よく情事を続けたって良さそうなものだけど、結局、僕の頭の中には「その時」が閃くんだ。「石段の方から」その時よりもずっと力を増した「足音が聞こえ」て、抗うことができない。この要請がなければ、僕はこんなに何度も話の腰を折ることなく書けるんだろう。ただ、僕にとって恐ろしく無意味で、何より貴方を冒瀆するその文章を書くことは、ほとんど不可能だ。現実がそうあればどんなによかったかという希望を書く能力の欠如が、僕に足音を聞こえさせる。

口が離れ、手は胸から抜かれた。二人とも湿っぽい社の板に背をぴったりつけるようにして座った。荒れ狂う息を必死に抑える。上りきったか足音が止んだ。どうやらそこで立ち止まっているらしい。僕と貴方は顔を見合わせる。だらしなく開いた口が濡れている。

慎重に葉を踏みしめる何歩かの音が聞こえた。まだ遠い小さな音を恐る恐る覗いてみると、黒いタンクトップとハーフパンツを着たさっきの外人が、何か捜すようにきょろきょろと辺りを見回していた。彼はしばらくして背を向けると、また石段を下りていった。

「行った？」その気でしなだれかかってきた貴方は、僕の様子を見て語気の艶を巧みに消した。「どうしたの？」

「さっきすれ違った外人」

貴方は本当に愉快そうに鼻と口から息を吐いた。「なんで？」

首を捻ってみたものの、彼の思惑はくだらない下心に決まっていた。とはいえ、それは僕も貴方も同じだった。

そしてまた足音。今度は若い女の二人組だった。すぐに下りて行ったが、ここはまずいと僕と貴方も出て行って石段を下った。

案内板によれば、事に及ぶための道は三つだ。元来た道を戻るか、さらに奥に行って大岩山《おおいわさん》へ続く道を登るか、尾根を伝って天狗山の方へ抜けていくか。

「祥ちゃん、こっち」と貴方が手を引いたのは、天狗山の方だった。

急かすような口ぶりに安堵しながら、並んで歩けないほどの細い山道を黙々と行く。火照った体に照りつける日射しに汗が噴き出す。手には貴方の肌の感触が残っている。口の中もぬるく粘ついていた。歩くたびに圧迫された下腹部が甘く疼いた。

分かれ道を天狗岩の方に進んで、山肌が剝けたように張り出した大岩の下に出た。太い木に結び付けた黄色と黒のトラロープが垂らされていて、その先にも何本か木々の間にぴんと張って上へ続いている。それを頼りに登っていくらしい。

貴方はロープをはっしとつかんで身軽に動き、踏み固められた黒土にローカットの登山靴を沈ませた。黒土のせいでなんとなく蛍光して見える白い腕や腿の内側が、力を込めて引き締まるのを、僕は貴方の股下から見上げていた。一つ目のトラロープの結び元をつかまえた貴方は、右足を岩の突端にかけ、左足を斜面の下に伸ばした扇情的な体勢のまま、肩越しに僕を見下ろした。その顔を三十点と言った罰当たりは苦しみながら死んだはずだ。見とれた僕を許すように貴方はそのままでいた。木々に漉された光の一片が、貴方の黒髪とこめかみをちらちら行き来する。つられた視線が羽虫のように泳ぎ、先ほどから場違いな白さで肉感を露わにしている貴方の足に、大ぶりのバッタのようにべったりとまる。長くて白い左腿とショートパンツの裾。両者の隙間から、透明な輝きが一雫、肌を伝って現れた。それは汗とも違うとろさで、ゆるやかに曲がり落ちる螺旋の、跡ともいえぬ跡を残しつつ、膝の裏まで下りてきた。

一年前のこんな描写を貴方はさぞかしいやがることだろうが、ここで僕が自信を持っていながら書けないのは、その一滴で僕の脳を破壊してしまった液体の速度なんだ。この時唯一目立って動き、僕と貴方の時間を計っていた、秒速数ミリというにはあまりに猛スピードの、僕の目から貴方すら見えなくさせたものの速度。

僕はもう一度、貴方の顔を仰ぎ見た。貴方はずっとこっちを観察していたようだ。その微笑は垂らした愛液を勘定に入れなくても、無邪気というものではなかった。節操なき幼い微笑とでも言うべきものだ。あごを揺らすほど跳ね上がった鼓動と欲情がトラロープを強くつかませ、体を貴方に向かわせた。

「祥ちゃん、ロープ、そのまま貸して」

登りきる前に声をかけられて、一も二もなく従う。貴方はそれを手繰り寄せ、反対側の木に巻きつけ、そこに先端の結び目を押し込んだ。

「立ち入り禁止ね」と貴方はいたずらに笑いかける。「迂回路もあるから、ちょっとぐらい平気だよ」

そこでまた長い口づけがあった。太陽から隠れたせいでこれまでで一番長かった。「早く上で」貴方は顔をうつむけて逃がした唇をとがらせ、それからいやにはっきり発音した。「しよう」

言うや否やで身をひるがえし、次のロープに手をかけて登っていく身のこなしは、きらきら光る雫をもう足首まで垂らしながらにして軽快なんだ。天狗岩からの見晴しには目もくれず、軽い足取りで岩場から直角に折れ、再び木立の奥へ入って行く。そこは岩場が途切れた薄明るい土道だ。地盤のせいか生えているのは小木ばかり。右は岩がところどころ顔を出す崖になり、左は木々の生い茂る斜面が暗くはるかに下がっている。

貴方はたわやかな身体をひねり、バスローブでも脱ぐように軽いバックパックの肩紐を落とした。そのまま木の根元に放り投げる間に詰め寄った僕の汗ばんだ首に貴方の腕が回される。合わせた額はすぐに離れ、代わりに舌が上気した二人の顔をつないだ。

「反対からは誰も」と腰に手を回して訊いた。「来ない?」

「来ない」荒い息の合間の返答は「老人会が登るのは午前中」と笑い交じりになり、

再び唇の要請で長い中断を挟んだ後、湿った一息を下について終わった。「来ないからさ」

手触り良く伸びるTシャツを胸の上までまくり上げて胸に顔をうずめた。下着の色香と汗の湿りっ気の混成が鼻腔の粘膜にへばりつき、頭へきつく血が上った。貴方は後ずさりして背を反らせ、張り出した細い枝に首を預ける。後ろ手でホックを外して自らあらわにしたのは、か細い肩には不釣り合いな大きさの美しい乳房。光の濃いと薄いと重力とを纏ってそこに保たれた肌理整った青白さの上に、はにかんだ顔があった。精液の蒸留するような熱と興奮にせっつかれ、二度の妊娠にも黒ずむことを免れた乳首に吸いつく。唇を閉めきらず舌を動かし弾くたび、か細い声が森の茂みにかすれて消える。鼻先で触れた乳房は霧でも立ちそうに冷たく柔らかだ。ショートパンツの金属ボタンを親指で、固い果実の皮でも剝くように外し、ぐっと繊細な薄い生地の内側に手を這わせる。ジッパーの押し下がる音と貴方の呻きが重なって茂みの奥に消えていく。ひどく濡れた窪みへ指を回し沈めるにつれて身悶えしてずり下がる貴方の腰に手を回し、貴方の肩に頰を押しつけ、僕は貴方を支えてやりながら、逃げ惑う温かみを刺激し続けた。耐えきれず地べたにへたり込んだ貴方は、まくり上げたTシャツから乳首をべたべたに光らせた乳房を窮屈そうに放り出したまま、僕のベルトに手をかける。金属音はよく響いた。貴方は張り切っているものが邪魔するのをもどかしそうにズボンと下着を下ろす。現れたものの先端は躊躇なく、ひどい湿潤もろとも貴方のなまやさしい口に含まれた。快感に包まれた腰が落ちかけ、目の前の細い幹をつかんだ。掌に突き立つ荒い木肌の感触と、睫毛を伏せて僕を湯がく貴方の口の感触に気が遠い。うるむように唾液が足され、卑猥な音が何種類か複雑に混ざりながら、息遣いのハイハットの合間に聞こえていた。額から熱く垂れ落ちた汗が前後に揺れる貴方の黒髪をかすめ、乾いた土にほんの小さな染みをつくった。巧みなやり口にたまらなくなり腰を逃がす。ゆるく閉じられた唇から引き抜かれたものから引いた艶のある糸はつと延びふと弛み、中央に引き集まりながらたもとを切り落とし、低い虚空に後腐れなく消え失せた。声もなく貴方を立たせ、木へすがらせるように促す。百も承知に構えた貴方の背中からうねるように突き出された白い尻が、山道で見たしなやかな腿を、今は下着の引っかかった小さな膝を、ふくらはぎまで続く腱を、官能的に統べていた。

「祥ちゃん」振り返る貴方の口元はだらしなかった。だから「そのまま」という言葉も垂れるように漏れた。

どうやら僕は夢中になりすぎたようだ。証拠にあの時同様、今ここで初めて避妊についていて頭がいったところだ。小さい頃の記憶もＤＶＤの映像も、ずっと目の前に広がっていた暗い木々の間を抜けて来やしなかった。いや、もしかしたら胸をあらわにした貴方のはにかんだ顔を見て、そんなことが脳裏をかすめていたかも知れない。まさにその時に書くのだったら、そんな思いも躊躇無く差し挟むことだろう。でもその後では遅すぎる。貴方のいやらしくひっくり返る舌や吸えども尽きぬ唾液が、今まで貴方に辿り着けなかった無為な時間に積んだ純情な逡巡そのものを情緒もくそもなく洗い流してしまった後で、僕はどんな気分で貴方との思い出を振り返ればいいのかわからないんだ。僕の経験が刻一刻と僕を変えるせいで、僕は僕の経験を真実と見なすことができない。貴方とのロマンスが結局はこの人生でやり飽きてしまった相次ぐ反応の応酬のうちに過ぎ去ったことを悔やみ、あわよくばもう一度味わえぬものかとあがいているわけだけど、僕が一生懸命になればなるほど、つまり僕が僕自身の生態に合わせて官能を得ようとすればするほど、あの時間をこの紙の上に引き延ばそうとすればするほど、貴方を遠ざけるのもわかってる。実際、今こうして貴方に宛てた、人目を忍んだ木陰での秘め事の記述が、当の貴方のお目にかからない。今そこに貴方はいない。そういうことも十分ありえると僕は思ってる。

「薬、飲んでるから」貴方は尻を突き出した体勢のまま暗い斜面に向けた首を横に振り、言葉もそっちの方に落とした。

不安は記憶の裏書きによってなぎ払われた。喜びに息を詰めて腰を寄せたその時、背後の崖の上の方から、風とは違う、それでも風と言いたくなるようなささやかなものが、そうでもなければ書かれることもなかった一つの茂みだけを鳴らした。

僕と貴方は一緒にそっちを見上げた。張り出した岩のところどころから密に茂って垂れた青草が、見通しを困難にしている。鳥が飛び立ったか、トカゲが落っこちたかしたかも知れない。しばし見て貴方の尻に向き直ると、またすぐ同じ音がした。貴方はゆっくり腰を落として音のする方を見上げた。さっきとは場所が少し左に変わった気がするが、やはり、風のような何かがそこだけを揺らしたような奇妙な音だ。貴方は誰かの視線を感じているみたいに、見上げたままの顔をゆっくり動かしていた。僕が貴方を再び立たせようと手を引いたところでまた鳴った。急に重くなった貴方の手を僕は取り落とした。それは地に潜る木の根に、甲虫のような鈍さでとまった。起立を放棄した姿勢の貴方は、胸も尻も出し放し、下着も片足首に引っかけたまま、神妙な顔で瞬き一つしない。まるで、貴方の中の僕を受け容れる気持ちだけが事切れてしまったようだ。かける言葉も肩に置く手も最早なかった。

無論、僕の望みは最後まで――この背筋を鈍くいきり立たせる鎮痛性の塊を溶かし出し、貴方の内外に（あまり所は構わず）撒き散らすことだった。しかし、肩で息する貴方がもはや僕のことを考えていないということがわかった以上、何か事を起こすわけにはいかない。やがて貴方は黙って衣服を直し始めた。仕方なく、少し遅れたペースで自分のズボンを上げる。貴方がいつ心変わりしてもいいように、とはいえ未練がましく見えないように。締め終えたベルトの下はまだまだ盛んに膨らんで貴方を向いているけど、貴方はもう服を着て何も言わず、貸しっぱなしになっていたハンカチを出して首筋なんか拭いている。僕は泣きたくなった。

それでも僕はたっぷりの性欲にも溺死しない畏れのようなものが、僕の中に息づいているのをはっきり感じていた――というのは本当か？　僕にこう書かせるものの正体はなんだ？　僕もやはり、負け惜しみの上手な狐に過ぎぬということだろうか？　しかし、まさに今、畏れは確かにあるようだ。貴方に対しての畏れではなく、これがある限り僕はどんな屈辱にも甘んじることができる、そういう畏れが。

あの茂みを鳴らしたのは何だったんだろう？　あの外人？　仮に彼が世にも稀な物音の奏者だったとして、その目的が覗き見でなかったのは妙なことだ。崖の上にいる異邦人がピーピング・トムでなかったら、彼を何と呼ぶべきか？　とにかくそいつのせいで、僕たちは過ちを犯すことなく山を下る予定となった。ここから先を書くのは億劫だけど、力を緩めずやることにしよう。僕は貴方に宛てて書いているんだから。

立ち上がってバックパックを背負った貴方は僕の足下を見つめていた。Tシャツの襟首が波打っている。もう行こうと言うつもりだろう。と、そこで何かに気付いたように、期待を持つのも無理そうな、沈んだ表情がこちらへ持ち上がってきた。

「ロープ」と貴方はつぶやいて、僕の背後に覇気のない指を向けた。

僕は一人岩場を下っていった。元通りに垂らしたロープが、長い間にここを通過してきた人々に押し固められてきたであろう土を力なく揺れこすって垂れ下がる。戻った時、貴方はもう背を向けて先へ歩き出していた。

天狗山の山頂はすぐそこで、小径沿いに古い木製ベンチがいくつか並んでいた。その一つに、あの小柄な外人が右足を伸ばして座っているのが見えた。貴方はそれに気付かないはずもないのに足を止めない。彼はあの虚ろな黄色っぽい目を貴方に向けて、そのまま動かさない。僕は貴方の斜め後ろにぴったり付くため歩を速めた。ちょうど僕と貴方と彼がまっすぐ並んだ時だ。貴方たちのうちのどちらだったか、もしくは二人同時だったかもわからないぐらい、ぼやけた、再会にはあまりふさわしくない、初めてお目にかかったような間抜けな挨拶が放たれたのは。

「こんにちは」

表情を見ることができれば、彼がどんな思いでいるか想像することはできただろう。あるいはやっぱりお前だったのかと確信することだってできたかも知れない。にやけた面でもしていれば、殴りかかることだって。でも、僕たちのふとした配置で起こったこの月食は、あったかも知れないその機会を奪ってしまった。月食——またしても筆のすべった比喩を消すことができないのは、この頭に浮かんでくるまっすぐ並んだ三つの天体を見ているのは誰かという気がかりのせいだ。今この瞬間、僕と貴方はその虚ろな空間にそろっているんじゃないだろうか。同じものを見ているんじゃないだろうか。もとより返事は期待できない。唯一の質問もここへ放って置くだけにしておこう——僕と貴方が、この頼りない文字だけを媒介にして、時間を隔てることなく干渉し合うということは、果たして可能なんだろうか？

そのまま藪を縫うような狭い山道を下った。誰ともすれ違うことはなかった。貴方は振り返りもせず、先を急ぐだけの足音を立てている。一言もなく数十分下り、小さな寺院の裏に出た。沢山の幟が立った子安観音堂の横を抜けてなだらかな石段を下ると、すぐに大通りの前だ。車通りも多く埃っぽい空気が、傾きかけた黄色っぽい日に晒されていた。

変わったところのない貴方の足取りは予定通り銭湯に向かった。古びた宮造りに赤銅色の屋根。黒ずんだ下足入れの鍵はどれも心許なく外れかけている。男湯と女湯の間にある昔ながらの番台に座っているのは六十手前と思しきふくよかな女将だった。

「あれ、貴ちゃん久しぶり！」彼女は貴方の顔を見るなりはっとして嬉しそうな声を上げた。

「久しぶり」貴方は感じのいい笑顔を傾けた。そして、男湯側の僕を指さしてから七百円を番台に出し、指をピースの形で女将に向けた。「二人ね」

「あらあら」と女将は僕をちらと見て嬉しそうに言った。そしてまた貴方を見て、慣れた手つきで金を音もなく引き寄せた。「男の子連れてくるなんて珍しいじゃない。

初めてよ、そんなのは」

　貴方はちょっと考える風に黙り、僕にやりかけた目をその場で震わせて笑った。

「従弟の祥ちゃんだよ。小さい頃に来たことある」

「なんだ。じゃあつまんないねえ」

　なぜか僕に同意を求めてくる心底がっかりするようなその声に心から同意しながら、へらへらした腑抜けの相で立っていた。

「つまんないって何？」

「早くいい人見つけないと、あっという間に年喰っちゃって人生パーだよ」

「そういうのは田舎の考え方なの」一瞬の背伸びで体を揺らしながら、貴方は澄まして答えた。

「田舎の人間が何言うんだか」と遠慮無く声を張り上げた女将は「ちょっと東京に出てたからって、この」とふざけて宙をぽかりとやった。それから実にもったいぶった数秒の後、「何も変わんないよ」と相好を崩した。

「そうね」貴方は笑顔のままだ。

「ここだっていいとこなんだ、大体そんなに田舎でもないし、それに夕日がきれいだろ」言いながら番台下にかがみこんだせいで、決め台詞はくぐもった。

僕はやかましい女将のとりわけこの言葉を気味悪い思いで聞いていたけど、つい先ほど、それが「渡良瀬橋」の歌詞であることに気付いた。そこでは貴方もご存知の通り、足利が「夕日がきれいな街」と歌われる。そして、あれは男女の別れの歌だ。貴方が渡良瀬川の歌碑まで行こうとしなかったのは、まさか、縁起の悪い別れの歌を遠ざけておくためだったんだろうか？ それなら、僕はこの話を悲劇のように書いても構わないんだろうか？

女将はやがて二人分のタオルと石鹸を出してきた。「また天狗山下りてきたんだろ？」

「そう」

「三十までに最初の子を産まないとさ、大変だよ」そう言いながら、タオルを黒ずみの一生とれない指で叩いている。「うちの娘がそうだったんだから。三十二の初産で、二日かかってひいひい産んでさ」

「何回聞いたかな、それ」

「だから、急いだって急ぎすぎなんてことはないんだからさ、急ぐだけ急ぐんだよ」

「そしたら人生パーにならない？」貴方は意地悪そうな笑みを浮かべて訊いた。

「ならない、ならない」顔の前でめちゃくちゃに手を振って女将は言った。その手を止めると僕を見据えた。「でも、いとこ連れて風呂屋に来るようじゃダメだね」

笑えばいいのに笑えないで、僕は女将のくぼんだ目をじっと見返すだけだった。

「石鹸とタオルは？」こいつには話が通じないと思ったのだろう、話題が変わった。

「あるかい？」

「いや」掠れた声で首を振る。

「じゃあこれね」女将は緑のケースに収まった石鹸と白いタオルを左右に持ち、頭を心持ち下げ、それぞれの手を遠ざけるようにして僕と貴方に差し出してきた。「ごゆっくり」急に威勢のいい声だった。

客はまだ誰もおらず、女将の視線を背中に感じながら服を脱ぐ。乳繰り合いの痕跡が互いの身体に残っていて、下世話な女の目敏さがそれをブラックライトで照らしたように見出さないだろうかと、不安のような期待のような妙な気分が肌にまとわりついていた。

浴場のガラス戸は磨りもなく、浴場は番台から丸見えだ。気を張りながら、シャワーが四つしかないカランばかりの洗い場で体を洗う。小さな鏡の角はどれも大きく損なわれて、真ん中あたりに残った鏡面も水垢で曇りきりだった。やがて女湯の方からも、桶や椅子をずらす一つの音が響き始めて、もちろん貴方に違いなかった。シャワーがついているのは男湯と女湯を隔てている壁側だけだから、きっと二人は向かい合っているはずだ。そこで頭に浮かんだ裸体は、妄想で埋められたものではない。

熱い湯は嘘くさい萌葱色の入浴剤で濁っている。肩まで浸かると、体のこわばりが解けていった。ふいに女将と目が合ったような気がして番台の上の時計に目をやればそろそろ五時、まだ貴方と再会してから数時間しか経っていない。

「祥ちゃーん」と間延びした声が響いた。「誰かいるー?」

僕はなんとも答えず、声の聞こえてくる高い天井を見つめた。目を凝らすと、天井脇に空いた小窓の枠に、白い雫の群れが見えた。続けざまに貴方の声が響く。

「常連さん、みんなお宮さんの集まりなんだってさー」

自分だって傷ついているということを少しわからせなければというさもしい気持ちで無視しようかと考えていた。

「祥ちゃんあたしさー」貴方は暗さも明るさもないもったいぶったような声をしきり

の向こうから放ってくる。「薬、今は飲んでないんだ」

何のことかわからなかった一瞬の後に喉がふくらんで詰まった。息を潜めて移動して、緑の手前の段に腰かけた。湯面は鳩尾までのところだ。緑の針金でくくりつけられた水温計がそばにあり、四十二・五度を指していた。

「いつまで飲んでた？」と僕は訊いた。

「十八まで」問診に答えるかのように言った。「仕事やめたら、もらいに行くの億劫になっちゃってさ。ほんとは、勝手に止めちゃいけないんだよ」

「それで妊娠したって？」

「そう」

「相手は？」

「事務所のスカウト」

「いつから付き合ってた？」

「十五」

声を届かせるために語気を強めた掛け合いは長く反響して僕をいらつかせた。

「あたし、今日、危険日なんだ」

追いついてこない頭にも、貴方がろくでもないことを話しているのはわかった。湯船の泡音が胸に重苦しく響き出した。

「祥ちゃんはあたしにハメられたわけさ。ハメられなかったんだけど」

笑えるはずのない冗談を交えたところで貴方の声色は変わらない。

「あたし、あんまりなんにもうまくいかないじゃん？　だから祥ちゃんと結婚できたらってバカなこと思っちゃったんだよね。で、バカだから、考えなしに動いちゃうんだよ。祥ちゃんのこと好きだしさ。小さい頃から、ほんとに」

貴方はこれを読んでどう思うんだろう？　懺悔のつもりで喋っていたのかもしれないけど、僕の方では、何の解決もついていないまま熱い湯に浸かっていたんだ。僕の気も知らないで、貴方は自分の意見を一方的に申し立てる。そのくせ、今の貴方はこれを読みながら沈黙の一手じゃないか。

「さっきのあれさ、あたし、バチが当たったって思っちゃったんだよね。神様がいるか知らないけどさ、ちゃんと見てるんだなって。そんなことするなってことなんだよ」と貴方はしばし黙りこんだ。そして言った。「ごめんね」

迷信深い女らしい発言を僕は苦々しく聞いていた。あんなことに何の意味もないと言おうとして、だからそれは間違ってると言おうとして、それを言ったらどうせ悲しむと思ったら、言葉にならなかった。

それをこうして書いてしまえるのが僕の卑怯だ。だからあの時、崖の上から僕と貴方を見てうっかり音を立てたのは、今これを書いている僕のような卑怯者だったに違いない。というのも、過去の出来事が書かれる時、そのまなざしは、実際にその出来事が起こった時もそこにあるというのが、今の僕のおめでたい実感なんだ。あの時、すんでのところで上空から向けられたまなざしが貴方の言う「神様」なら、あの出来事を書こうと一帯の文字に目を落としている僕こそまさにそれなんだ。ところが「神様」は、まなざしとゆるく結ばれた手の動きで始まりと終わりを隔てる以外は完全な無能力ときてるから、二人に手を下したりはしない。ただ粛々と、面白みのない悲劇でもない喜劇でもないを、時間から切り離されたものとして、目にしたままに書き続けるだけだ。

何を言っているのかわからないかも知れないけど、つまり、いつか全てが書かれる、という受身・尊敬・可能・自発を全て含んだ助動詞的確信を持って生きる僕のような者は「神様」の存在に思いを寄せずにはいられないわけだ。そして、こうして文字にどっぷり浸かった思考の過程で、手を動かしながら、自分が限りなくそれに近いまなざしを向ける存在であるという気付きを得ることがある。それを確信に変えようと奮闘するも、やがて頭はうだるような文字列に耐えきれず、文字からざばりと上がってしまう。そこでひとたび貴方のことを思うなりすると、自分がこの現実に息をする欲ずくの存在だという自覚に帰って来るほかないので、非道い無力感に苛まれるんだ。書いている時に限って、僕は、僕の中の貴方を忘れて、貴方を理想的な仕方でまなざす。貴方について書きながら貴方を忘れるという仕方で、僕は僕の深いところへ潜っていき、その結果、貴方に最も近づくんだ。そして、そんな静かな望ましい時間は、ここに至るまでに、少なくとも三度は確かにあったはずなんだ。腰に肉欲の命綱がくくられていたとしても、それを綺麗さっぱり忘れて文字の中に身を沈めるような瞬間が。この手紙を書く内にも。

僕のなまぐさな過ちは、この文章を既に書き終えてしまって、この身を離れて腐りかけたまなざしを——今貴方が目を向けているならそうであるような——他人の活きのいいまなざしによって蘇らせようと計画し、実行していることだ。自己への関心を、貴方の僕への興味で塗りつぶしてしまいそうなことだ。僕が書いたように貴方が読みますようにという願いに、何の意味があるんだろう？　その一致が、一年前の僕と貴方を結びつけるはずがないのはわかりきっているのに、それを確かめる術もありはしないのに、なぜ僕は求めてやまない？　これはきっと誰もが捨てられない不純な動機なんだろうな。何にもならない馬鹿な動機、貴方が僕に対して一瞬でも持っていたかも知れない動機。一緒になりたいと願い求めること。

「あたしってもう人生パーだけどさ、ちゃんと苦しんでみるよ」

気付けば四十三度に上昇している緑湯に再び肩まで沈んだ僕は貴方に反感を持つ。なんであんな婆さんの言葉だけを真に受ける？　僕の言葉を聞かず、他人の言葉を突きつけるそんな貴方の決意は、貴方にとっても僕にとっても、何の意味も持たないのに。

「今までのことも、これからのことも、親に話して、子供のこともちゃんとする。おばあちゃんにもあんまり迷惑かけらんないし」

貴方の味方をしているのは祖母だけだというのは聞いたことがあった。それで親子関係が悪くなるようなこともあったかもしれない。僕は何も知らない。ちゃんとするということの意味を何となく、つまらないものとして、理解しただけだ。

「今日、付き合わせてごめんね。全部、こういう生き方しかできないあたしが悪いから。祥ちゃんは気にしなくていいから、みんな忘れて」

壁の向こうから、戸の開くカラカラという音がした。さっきまであった声の響きが消え失せて、隙間を埋めるように湿気が流れこんだ。熱さが頭にきて風呂から上がる。桶に勢いのない水を張って何度もかぶった。気にしなくていいからって、気にするに決まっている。過ちが過ちでないままだったら、セックスして、妊娠して、結婚していたかもしれないっていうのに。そんな馬鹿馬鹿しい話がついさっきの出来事なら、気にするに決まってる。

風呂上がり、番台の女将との会話を聞きたくないんで外で待っていた。暖簾をくぐった外に立って、赤い夕陽を背景に、坂になった国道の地平から際限なく車が出てくるところを見ていた。やがて後ろから聞こえた下駄箱の音や靴を放り落とす音、しなった簀子《すのこ》の片脚が跳ねる音がわかっても、振り返ったりはしなかった。

「着替え持ってくればよかったね」と貴方がためらう風もなく僕の前に出た。乾ききらない髪を、ちゃっかりもらって来たタオルで拭いていた。

湯上がりの貴方は悲しいくらいに美しい。貴方と結婚したらどんなにいいだろう。

親が何と言うか知らない。伯父さんと伯母さんが何と言うか知らない。僕が何を言うべきか知らない。面倒なことばかりにはちがいなかった。そんな面倒が全部なしになることが辛かった。

詮無いことを考えて黙って歩けばますます日は落ちかけ、鑁阿寺《ばんなじ》の濠の水が黒々と淀んでくる。子供の頃、境内の広場まで何度か来たから覚えていた。ここの広場でも花火をしたことがある。ある時期まで、僕たちは毎年花火をしていたんだ。夕暮れの薄明かりに街灯がつき始めると、門前にたむろするアヒルの羽も、貴方の白いTシャツも、ほの青くにじんで見えてきた。

ところで、貴方がこれを読み始めたところから、今、何日だろう？　僕は二〇一八年の七月七日、土曜日に手紙が届くように指定した。確かに貴方が受け取れるよう、ドアの郵便受けにそのまま投函されるようにしたんだし、いくらなんでもその日に開封しないということはないはずだ。そしてこれまで書いてきた出来事は（細部はどうあれ）二〇一七年の七月十日に起こったから、あの日のちょうど一年後まで、貴方の元にこの手紙が届いてから三日かそこらしかない。いや、三日というのは、貴方のような人が何かを夢中で読むには十分過ぎるほどの時間だとも聞く。

僕は今年の七月十日に足利へ行く予定だ。取ったばかりの免許でレンタカーを借りて行くんだ。祖母の家でなく、貴方の家に行く。住所もわかっているし、家の鍵の隠し場所だって知ってる。貴方を心配し、かつ僕に多大な期待を寄せるあまり、祖母が住所も鍵の在処も教えてくれたんだ。あの人は、僕の押しが弱いせいで貴方の踏ん切りがつかないと、筋金入りの頑迷さで考えているらしい。鍵はオートロックもないアパートの玄関ドア横のエアコン室外機の底に、磁石でくっつけてある。なんて不用心で古い手だろう。休みのない貴方の仕事が夜の十時に終わることも、夕方六時以降は学童から帰った子供たちが家で待っていることも知ってる。子供たちは鍵を開けると再びそれを隠し場所に戻して部屋に入る、そんなことだって知らないはずがない。その上で、僕は七月十日に行くと貴方に伝えてるんだ。子供達が帰宅し、貴方が来るまでの間に、貴方の家に行くってね。貴方が、届いて三日以内にこの手紙を読み進めなければ、今この不躾に遅れてきた本題を読むこともないんだから、僕を遠ざけておくことはできないだろう。逆に、三日以内にここまで読んでくれたなら、ちょっと用心すればいいだけの話だ。仕事を早く上がる必要すらない。子供に鍵を隠させて、ドアを開けないように言付けるだけで済む。

僕はもはや貴方と結ばれようという高望みはしてない。今の望みは、この手紙を貴方が時を置かずに読んで、今僕に訪れているこの一種清々しい終末の気分が僕から消えないうちに、貴方もそれを味わうことだ。あの時、僕たちをすんでの所で止めたのは、これを書いている僕だけでなく、読んでいる貴方でもあったと、ともに信じること。本当にそれだけなんだ。それが叶えば僕は風のように去って、貴方のことを忘れず、貴方について書きながら、二度と会おうなんて思わないと誓ってもいい。

そもそも貴方と再会しなければ、貴方からの電話がなければ、僕は会えるはずのない貴方にまつわるおそれとおののきの中で死ぬまでを生きたにちがいない。貴方と僕にまつわる空事をひたすらに書きながら……ところが貴方は現れた。僕に言葉を投げかけ、その身体に触れさせもした。僕はもう素朴に頑なでいることはできない。だからせめてこの紙の上で、この静かな時間だけでも、貴方と一緒になろうとしたんだ。それは、今までに書かれた両崖山での時間じゃない。僕と貴方が本当に僕と貴方だけであった、僕を見ている僕すらいなかった、あの板間で『よい子への道』を体を重ねて読んだあの時間のことだ。僕と貴方のまなざしを、僕と貴方が最も近づいたあの静かで混じり気のない時間に向けてみたいという壊れ物のはかない望みのために、僕はここまで来たんだ。

　だから、もしも貴方がこれを手元に置いて、忙しい仕事や内容のつまらなさをいいことに、三日以内に読まないとしたら……例えば届いて三日もテーブルの上にあったり、読むのに倦んで引き出しや棚の中にしまい込んであったりしたら……そんなことをちょっと頭に浮かべるだけで、ひどく心が痛むんだ。その時、僕はきっと、どこかから注がれているこの書くまなざしを失うんだ。貴方が非の打ち所のない単純さで「神様」と呼んだ、僕を見ている僕を、僕を優柔不断にさせてきたまなざしを、僕が気紛れに人並みの幸せを欲しいと思った時に踏みとどまらせ、決して手に入れさせなかったこのまなざしを、とうとう失うんだ。

　貴方は手紙が届いて三日経ってもこの文を読まなかった。

　僕が右の命題を真だと知るのは、失望に見合ったみじめな体勢で室外機の下を探った指先が鍵に触れる時だ。それを取り出し、薄汚れた手で鍵穴にゆっくり音もなく挿し込み、熱いため息つきながら、僕は貴方、貴方、貴方のことばかり考えながらこの手紙を書いていた一年の、どんなに清潔な手をしていたかをもう思い返せないだろう。貴方の家へ鍵を挿した——行動へ移した——僕に、もう書くべきことは残っていない。だから、例のまなざしもその玄関先に向けられることはない。偶然、耳に遠く救急車のサイレンが聞こえてきたとして、それは何の象徴も暗示もなく意味の剝がれた物音として僕の耳に響くだろう。貴方への愛がここまではぐれてしまったことをただたまらなく思うだけの僕は、ドアの向こうにいる小さな二人が、それを――特に何の理由もなく、偶然に――享受している事実のわけもわからず、彼ら（もしくは自分）を憎むだろう。例えば殺したいぐらいに。

実を言うと、僕はあの日の翌日の出来事――貴方に子守を頼まれて、二人と一緒に足利の街に出掛けて過ごした日のことだ――も同じくらい微に入り細を穿って書いていたんだけど、つい先ほど、それを全て消してしまったところだ。貴方は自分の子供たちのことが書いてあれば、僕の語りがどんなに衒学的で韜晦に満ちていても、張り切って読んだことだろう。それを思うと僕の胸は引き裂かれそうだ。僕との思い出は顔をしかめながら休み休み、飛ばし飛ばしに読んでいき、子供たちの日誌の如きは目を細めて一言半句もらさず読む。読者が特定の登場人物だけに興味を持っている状態というのは、作者にとって強烈に惨めなものだ。そこで僕がどんなに子供たちに懐かれたか、弟が迷子になった危機をどう切り抜けたか開陳されていたって無意味なことに違いない。だってあの日ですら、それには貴方をなびかせる何の意味もなかったんだから。

そんな四万文字を跡形もなく消し去った今になって考えないでもないのは、僕が貴方に読ませるべきはまさにそのこと——最早この世のどこにもない僕と貴方の二人の子供たちの一日のこと以外にないということだ。他人同士だったはずの二人が、共に我を忘れて愛情を注ぎ、心を一つに我が子を見る。世に言う理想的な夫婦というのは、僕がさっきまでぐだぐだ書いていた望みに、あまりにも似通いすぎているみたいだからね。

僕はどこで道を間違えたのだろう？　それとも永遠に道半ばなんだろうか？　とりあえずこの手紙は、貴方のよい子たちへは辿り着きそうにない。僕は、僕と貴方に固執するあまり、二人を沈黙に押し込めると決めてしまった。このがさがさした手紙を一匹のトカゲとするなら、この先に残っているのは尻尾の根元だけだ。それはあとがきや解説を読みたがる不届き者に違いない貴方が、最初に僕の計画を読んでしまわないように添えられた全体の終わりであり、沈黙の始まりの部分でもある。その境目は、貴方の子供たちが喋り出す直前で、かなり恣意的にちょん切られている。今後は僕が口を差し挟むこともないだろうから、その歪に違いない切り口でせいぜい僕の断腸の思いとそれなりの希望を察してくれるよう祈っている。つまり、僕は尻尾切りを逆にやり果《おお》せるわけだ。その身を引き裂き、活きのいい尻尾の方ではなく、じっと座って動かない、けれど確かに血の通っている我が身の方を貴方に捧げる。傍目にはあまり賢い判断とは言えないと思うけど、多分これだって生き方の問題なんだろう。

あの夜の貴方は、食卓を囲んでもう明るく振る舞っていた。

祖母は僕に対して何の感慨もなさそうに見えた。驚いたことには煙草を吸うようになっており、テレビの前のテーブルに、かつて祖父が使っていた大きなガラスの灰皿が、吸い殻をためたまま置いてあった。

「早いとこくたばってやろうと思ってさ」

「おじいちゃんの煙草が十カートン残ってたの」と貴方がさも面白そうに弾んだ声で口を挟んだ。「たばこ税がたばこ税がって買いだめしてるうちに死んじゃったから、遺品だよね。それで、もったいないから吸い始めたんだって」

そんな会話をわけもわからないまま聞いている姉の方は貴方によく似ていて、黄色いたまご焼きを口にあて、それ越しの薄甘い空気を熱心に吸っている弟の方は僕には評価不能だ。それぞれ「なっちゃん」「きっちゃん」と呼ばれる二人に話題が移ると、何の関係もない僕も楽しげな声で笑ってみせた。そうしないわけにいかなかった。何の関係もないのに。本当にそうなのか？　貴方の横顔を見るたび、とりとめなく浮かんで消えるのはそんな言葉だった。本当にそうなのか？

僕の布団は奥の板間に用意されていた。

祖母が九時に、貴方と子供たちが十時に寝床へ行っても、僕はまだ寝ないと言って居間にいた。雨戸を閉めているのに虫の声が聞こえる。貴方もこの家の中でふと耳を澄ませて聞いているのか、それともすでに——あんなことがあったのに——子供たちの横で静かな寝息を立てているのか。廊下の板敷きが何かの拍子に短く鳴っても、静けさが重たくのさばっていてぬか喜びにもならない。よっぽど夜這いしてやろうかと思った。貴方が今でもそれを期待しているということだって、考えないわけではなかった。

このまま東京に帰ったって何があるわけでもない。仕事と退屈。貯金も三百万あって二十四なら上出来だ。そんな憂鬱を気ままな幸福と呼ぶよりは、貴方と一緒にいたかった。ヤりたいだけじゃない。頼りにされたい。力になりたい。抱きしめてやりたい。初めから、そう言ってくれたらよかった。そしたらセックスなんていくらでも後回しにしたというのに。身体なんか求める前に、まともなことを話せたんじゃないか？

昼のことをなるべく鮮明に思い出してしまうから、スマホで貴方の動画を見た。ご丁寧なことに、携帯する機器が変わるたびに保存してあるんだ。十五歳の貴方はやっぱり白いビキニの後ろの紐をほどいたりしている。小さな画面の向こうから見つめてくる目がいつ逸れるかだって僕は知っていた。

僕は板間に行った。空気が沈んでいるせいで、貴方と過ごした時間と変わらないように思えた。『よい子への道』を読んだ時のことを思い出した。薄い布団はちょうどそのあたりに敷かれていた。ここで僕たちはぴったり体を重ね、まるで四つの目と四本ずつの手足を持った得体の知れないものとして『よい子への道』を読んだ。僕はあの時、何の情緒もないくせに、幸福だったんだ。

僕は明け方まで眠らずに待っていた。

起きるともう十時を回っていた。居間へ行こうとすると、祖母の部屋の戸が開いていて、前髪をくり上げた貴方が古い鏡台で化粧をしていた。僕は敷居の前に立ち止まってぼっと眺めた。

「祥ちゃん」と後ろ姿が急に言った。「今日、子守、頼める？」

ぎょっとする暇もなく返事をあせる。「なんで？」

「実家に行ってくる。昨日言わなかった？　話してくるって」

「何を話すんだよ」

貴方は口元の化粧をいいことに返事をしない。僕は悔しくなった。

「行って、何を話すんだよ」

「お金のこと」と貴方は言った。それから鏡にぐっと寄って「子供のこと」と続ける。「どっか連れてってくれてもいいよ」

「この辺のこと、何も知らないし」

「渡良瀬ウオーターパークとか、調べれば色々出るよ。水遊びでもさせといてもらえれば」口を半分開けたまま喋っているような声だった。「あ、でも」とまともに戻って、小さな化粧道具を持ち替える。「ずっと前、平日に行ったら、学校はどうしたって聞かれて大変だったんだ。適当にあしらっとけばよかったのに、旦那がキレて入場口のおじさん殴っちゃって。だから、足利健康ランドとかの方がいいかな。割と近いし、よく行ってるし」

　僕を遠ざけようとするあからさまな態度に腹が立った。「なんでそんな奴と結婚した？」とこちらも意地悪になった。

「よし」と貴方は答えずに振り返って前髪のゴムを抜き取った。「どう？」

　化粧といっても落ち着いたもので、僕には子細がほとんどわからない。ただ、目の前の貴方は昨日と違って、あの頃の面影を残していなかった。僕からはっきり遠かった。久々に会う二十六歳の従姉ならこんな感じだろうと思った。

　僕も質問に答えてやらず、じっと貴方を見た。

「銭湯のおばちゃん、いたでしょ？」

　その人が嫌いであろう僕は、頭の中が湯を差されたように痛んだ。

「あたしの相手が祥ちゃんじゃなくてよかったって言うんだよ」と貴方は言った。

「アイツじゃなくてよかったって」

　僕はやはり何とも言えず黙っていた。

「あたしって、バカな結婚で何を学んだんだろうね」と貴方は化粧に合う涼しい顔で言った。「臆病になる方法かな」

貴方は車に乗って実家へ行った。テーブルの上に、一人分の朝食が半端に用意されていた。二人の子供たちが、隣の居間でテレビを見ているのがわかった。

「やっと起きたか」

表から戻ってきた祖母は返事をする間もなく流しで手を洗い、濡れたままの手でガス台の鍋を揺する。別の手でいかにも真新しい電子レンジが慣れた手つきで操作されて、重低音が響き始めた。

「まだあったかいだろ」祖母はなみなみついだ椀を僕の膳に添えると、向かいに座った。手を組み合わせすり合わせ、下まぶたの垂れたぎょろ目でじっと見てくる。

「今、魚が焼けるよ。明太子は？　食べるかい？」

「いや、大丈夫」と言って手を合わせた。「いただきます」

この人のことは昔から苦手だった。こうして面と向かう時は、言いたいことがある時だ。自分の意見も気分も隠さず、貫き通して動じない。

「祥一あんた」特にこの言い方で始まる時はよくない。「貴子を好いちゃいなかったか？」

まだ何も手をつけていない箸が止まった。向こうは鋭い眼光を離さない。

「どういうこと？」ちょっと姿勢を正して言う。

「小さい頃から、貴子を好いてなかったかって」

「何言ってるかわかんないよ」

「昨日」下からにらみつける目玉が、視界を嚙みきるような瞬きで何度もぬぐわれた。「お前が断ったのかい？」

ごまかすつもりが迷い箸になって、目の前の人物がそういうしつけには滅法厳しかったのを思い出した。玄関の敷居の上でバランスを取っていて怒鳴られたこともある。しかし、今はそんなことは二の次らしい。やっと口をつけたみそ汁はぬるかった。

「わたしは誰が何と言おうと、はねっかえりの貴子がいちばんかわいいんだ。その次に祥一、お前だ」

それを嘘とは思わなかった。祖母が彩子のかわいげについたことなど一度もなかったのだ。困ったところに電子音が鳴り響いた。祖母は立ち上がるまで僕から目を外さないよう席を立って、レンジの太い取っ手をつかんだ。

「それ、いつ買い換えたの？」僕は話題を変えようと言った。最後の記憶では、つまみ一つの骨董品を長らく使っていたはずだ。

「貴子の出戻りの道具がうちに来たんだよ」祖母は長皿を取り出しながら振り向きもせず言った。

「伯父さんたち、いやがるんじゃないの」

変えるどころか深まった話題を引き受けることで、僕は平静を取り戻そうと試みた。

祖母はいらだったのか普段からそうなのか、乱暴に扉を閉めた。「そうさ。だからあいつらの魔除けになるんだよ」そう言って、黒い窓のところを忌々しそうに指で強く打った。「こいつが」

「なんでそんなに、貴ちゃんをかばうのさ」

積年のと言うよりは昨日から大量に降り積もった疑問だった。

「そんなことは知るもんか、私の気分のことなんか」

朝食を用意してくれる腰の曲がりかけて週に一度のリハビリに通い始めた祖母から聞くには妙に迫力のある言葉だったから、僕は思わず感銘を受けてしまった。貴方は間違いなく彼女の血を色濃く受け継いでおり、祖母にもそれがわかっているのだろうと、瞬時に好意的な解釈を添えてしまったぐらいだ。

取り去ったサランラップを何度となない指の動きで手中に丸め込みながら、祖母は僕の元に戻りかけたが、皿を見て舌打ちすると、踵を返してガス台に向かった。

「どうしたの」

「もう一ぺん焼き直す、びしょびしょだよ」

「別にいいよ」

「ダメだ」と強く否定された。「どうせ遅いんだから気にすることじゃないだろう」説得力を増し続ける祖母が備え付けのグリルに魚を突っ込んで火をつけている一連の動きを察しながら、僕は子供たちの方を初めて振り返った。かなりデリケートな会話をしていることに気付いたからだ。テレビの音はかなり大きかった。大きくなったのかも知れない。

「だから」振り返ると、もう祖母は目の前に座っていた。「私はあんた達がくっついたら一番いいんだ」

「おれたち」会話は咄嗟に口から出る通り一遍の言葉に任せた。「いとこ同士だよ。ダメだよ、そんなの」と口を動かし、小皿に盛られた柴漬けをそこへ放り込んで終わりとした。

「ダメじゃないだろ。法に触れるわけでなし。そういう臆病が、あんたのいけないとこだ」

祖母は身を乗り出して、くすんで骨張った腕で汁椀を押し倒さんばかりだ。昨日のことが祖母の入れ知恵だと思ったら、なんだかつまらない気分になってきた。押しの強い祖母の言うままに女を演じて従弟をたぶらかした貴方が、すんでのところで我に返ったという話なら僕は御免だ。

「どうした?」黙った僕を心配ではなく尋問の調子でのぞきこんできた祖母は、次は励ますように言った。「アインシュタインだってそうなんだ」

老いた口元から滑り出た偉人の名に笑いかけたのも束の間、織姫神社で同じことを言った貴方が閃いた。霞んだ面白みに取って代わった鮮やかな白光が頭脳にみるみる熱を送るせいで、僕は苦笑さえ上手くできない。この偉人についての三面記事みたいな情報は貴方が教えたことに違いなかった。二人きりの心許した(おそらく夜更けの)会話の中で、貴方が祖母に言ったのだ。そうね、アインシュタインもそうだもんね、と。

考える猶予を与えようと言うように、祖母はゆっくり立ち上がってグリルへ向かった。彼女なりに慎重にやろうとしているのだというのを見て取ることで、僕は自らを鼻息荒い人物でない方向に（今日こそは）必死で押しやろうとしていた。

今この時の僕が口を挟むのを許して欲しい。前段で一年前の僕が開始した努力は、焼きを入れ直された干物一枚でご破算にされるけど、僕はまさにそれについて書こうとしている今になって、その遅れてきた主菜の登場という事が実際に起こったあの時以上に、深い深い感動を禁じ得ないんだ。僕は自分が望めば何度でも、この瞬間を素晴らしいものに書き直すことができる。死ぬまでそれを繰り返す幸福を味わうことも可能だろう。けれども、それは同時に貴方と生きることの拒否を意味する。僕が思い出をあれこれ飾りつけている間は、貴方の元に招待状は届かないんだ。僕はこれを貴方に読ませなくちゃいけない。そうでなければ何も始まらないことぐらいは承知している。そのために肝心なのはいつも（本当にいつも）尻尾を切れるかどうかということだ。どうあれ無様で大きな犠牲を払うその行為をためらうたびに、僕はこうして紙面に顔を出してしまうらしい。しかし、トカゲの自切は、脊髄反射による周辺筋肉の収縮で、特定の椎骨が前後に引っ張られて——割れるように——起こるという。僕の自問自答が脊髄反射なら、あと必要なのは「特定の椎骨」ということになる。僕の考えでは、この手紙は背筋《せすじ》を伝って、ようやくその位置まで辿り着いたみたいだ。さあ始まる。祖母の引きずるような足音が聞こえる。

「あんまり変わらないけど、我慢して食べな」

前に置かれた長皿の上にある小ぶりのアジの開きは背骨を剝かれ、半身だけが綺麗に（しかし不作法に）食べ尽くされていた。つまり、開いた頭と半身だけが残っている状態だった。僕の内に、ありとあらゆる感情が押し寄せた。その圧力が胸を潰し、皿の上へ目を見開かせた。

「貴子だよ」訊ねるまでもなく祖母が言った。「そっちしか食べない。それであんた――」

祖母は事態が僕にとってどれほど重大であるかはわからなかったらしく、会話を急いだ。僕はわずかな集中をそちらに割いて聞いていた。

「東京に好い人がいるのかい？」

好い人なんて言い回しに思わず好感を持ちながら「いや」と口ごもる。僕はアジの開きに手を付けられず、ぽっかり空いた青灰色の空白を見つめ続ける。

「そう、あんたは奥手で恥ずかしがり屋だったからね。そんなんで東京なんかいたんじゃ、年寄りになったら、たった一人で死んじまうに決まってると思ってたんだ。ニュースでやってるだろ、孤独死。自分の面倒を見る人が必要なんだよ。どうした、さっさとお食べよ」

どうして年寄りってのは、何もかもこう性急なんだろうか？　そう思いながら悪い気もせず、麦茶を含み、一口目を少しゆすぐようにした後で一気に飲み干した。

「それが貴ちゃんだって？」と僕は背を起こして祖母を見た。

「子供たちもだよ」当たり前じゃないかと言いたげに語尾が絞られた。

居間に目をやると、テレビの前に並んで、継ぎ接ぎだらけの恐竜がしゃべる人形劇を見上げている。

「そうとも」と祖母は深く頷いた。

夏子《さまこ》と生粋《しえいき》？　と口に出そうとして止めた。僕は箸を持ち直した。

「前の旦那はろくでなしだったからね」

おそらく子供の命名権を持っていた人物のことは無視して、僕はアジの開きの頭を上に置き換えて、（貴方曰く）左側の身を一口食べた。ありがたいことに、味の感想を訊く者は一人もいなかった。

「ちゃんと考えておやりよ」祖母は今度は実に気の毒そうに言った。そして、結露だらけのポットで僕のコップに乱暴に麦茶を注ぐと、泡立ちもおさまらぬうちに「なっちゃん、きっちゃん！」と大きな声で子供らを呼んだ。「おいで！」

弟がすぐに走ってきて、姉はテレビを消すので少し遅れた。二人はそれぞれ手を後ろに重ねた休めに近い体勢で、祖母の前であり僕の横に並んだ。

「今日は」と祖母は言って二人を順番に見た。ややあって、冗談と言うには厳格すぎる調子の命令が飛んだ。「祥ちゃんがお父さんだ」

最高の任務

二月のいつ頃だったか、大学の卒業式には出ないと言ったら、案の定、母親が騒ぎ出した。

「せっかくなんだから出ときなさいよ」あらゆることで何回繰り返したかわからない言葉が口にされる。「元号またいで通った大学じゃない」

「何それ」と私は口を曲げた。「そんな子供みたいな理由で出ないよ」

「子供じゃないって言うの？」

「もう二十三なので」

「卒業してもすね囓る気満々のくせに」

「それはそうね」と努めて謙虚に私は言った。「休学して一年余分にかかっちゃったし、黙って言うこと聞くべき。でも友達もいないし、出たって悲しくなるだけでしよ。ゆき江ちゃんだって、好きにしたらって言うはず」

これは少しデリケートな話題ではある。ゆき江ちゃんというのは私と大の仲良しで、私がこの世で最も敬愛し、生きる指針としていた叔母のことで、彼女は故人であったから。わざわざ自分からその名を出したところを見ると、私も相当に行きたくなかったのだろう。ただし、母の反応は予想外のものだった。

「それが、そうでもないのよね」

不敵な笑みを見とがめて、私は「何よ」と思わず神妙な声になった。「何かあるの？」

「あんたの卒業よ」母は挑発するように顎をしゃくって言った。「小学五年生以来のね」

いつも単刀直入なくせに謎めいたことを言うものだから、またそれが全然身に覚えのないものだから、私は黙ってその目を見据えた。

「まあ、いいでしょう」母はそれを楽しみながら余裕たっぷりに言う。「もう子供じゃないってことでいいんでしょ？」

「そういうこと」訝しみながらも、片を付けるつもりできっぱり言ってやった。「だから、卒業式に行くか行かないかぐらい自分で決める。お母さんだって来るわけじゃないんだし、それでいいでしょ」

母はこちらを見た。是非もなしという決意を漲らせた表情に私はひるんだ。

「行く」

「は？」

「家族みんなで」


それからというもの、リビングのカレンダーにこれ見よがしに赤丸のつけられたその日のことが私の頭を離れない。小学五年生以来の卒業とは、一体どういうことか。それに叔母が関係するとは何事か。

少しでも手がかりを集めるつもりで、私は鍵付きのキャビネットから小学生の頃の日記帳を引っ張り出した。紺色で丸背みぞつきの上製で、二〇〇八年十一月八日、叔母が小五の女の子にあげるにしては木訥が過ぎるそれをくれたから、私は日記を書き始めたのだった。しかもその日の私はひどい熱で、ベッドに寝たまま それを受け取った。叔母は手渡す時「お願いだからくれぐれも」と前置きした上で「私に読まれないように」と言った。私は火照った満面の笑みでこっくりうなずいた。叔母が日記を読もうとしてくる楽しみに、顔は輝いていたことだろう。裏表紙に阿佐美景子と自分の名を書いて、その日の日記はとても短い。

記念すべき日。だけど私は風邪で寝ている。お父さんもお母さんも洋一郎もいないけど、ゆき江ちゃんが看病に来てこの日記帳をくれた。日記の初日は元気がない時に限るからということらしい。意地悪なゆき江ちゃんは「私に読まれないようにね」とも言った。

しばらくの間、私の記述はアンネ・フランクやアナイス・ニンよろしく日記の周りを嬉しそうに駆け回っているが、どうもそいつに名をつけたり「あなた」と呼んでみたりという文化には、試みこそすれ馴染めなかったようだ。「あなた」に向かって相談事（朝会で行う冬休み中の注意喚起の劇のヒロイン役を我の強いクラスメイトにそれとなく譲る方法はないかしらという他愛のないもの）を持ちかけてみた翌日、こんな風に書いている。

恥ずかしい昨日の日記を消そうかどうかさんざん迷ったけど、結局消さずに書き始めた。なぜって一行消してみたら、その隠そうとした跡が死ぬほどみっともなかったから。昨日の私はバカだった。「あなた」が何を答えてくれるって言うのだろう。何にも答えるはずがない。そんなこと期待するのは、きちんと考える気のない卑怯者って感じがする。だから私は、日記を書く時はいつも「あんた、誰？」から始めることにする。

翌日の日記は、ご丁寧に「あんた、誰？」から始まっていて微笑ましい。心なしか棘のある筆跡で、その書き出しは一年以上続いた。

例えば、二〇〇九年七月三十日。

あんた、誰？　塾の夏期講習に行って帰ってくるだけの毎日が始まってやっと一週間、早くもうんざりしてる。学校の宿題は、自由研究と読書感想文以外は今日で全部終わり。感想文は相沢忠洋の『赤土への執念』で書くことにした。歴史で習って馴染みがあるからってのもあるけど、一番の決め手は、ゆき江ちゃんが「私もこれで書いたことある」と言ったから。ゆき江ちゃんの書いた作文が読めたらいいのに。

例えば、二〇〇九年九月十七日。

あんた、誰？　お父さんは出張、お母さんは短大時代の友達とスペイン料理。だから今日は、学校帰って洋一郎と二人で留守番。夕方にはゆき江ちゃんが来てごはんを食べる。

お母さんがいないから、リビングのテーブルで早めの日記を書いている。私はつるつるして重たいこのテーブルと椅子が好きだからほんとはいつもここで書きたいんだけど、お母さんの前で書くのはいやだ。だから今日はと思ってたら、弟がちょっかいをかけてくる。オセロ将棋を断ったらすぐこれだ。今度は、マドレーヌの上にくっついてたアーモンドスライスを飛ばしてきて、それがちょうど、私が目を落としてる、今まさに書こうと鉛筆を構えてたところに落ちた。カッとなったその一瞬で、私はその下に「マドレーヌ」を書き置くことを思いついた。そして、その素晴らしさに免じて弟を許してやることにした。だからつまり、本物のアーモンドスライスが、この日記の最初の「マドレーヌ」（点をつけたやつ）の上にはのっかっていたのだ。

オセロ将棋についても一言。これは、私たちの間で流行の兆しを見せているゲームのことで、オセロと将棋を交互に進めて、オセロでひっくり返した数だけ、将棋の手を進めることができる。もちろん、真面目にやったら中盤ですぐに将棋が終わってしまうから、このゲームの面白さは、私の手加減の具合にかかっている。いかにしびれる勝負を弟に演出してあげるかというのが、私にとってはゲームなのだ。でも、そんなだから、どうせすぐに飽きてしまうだろう。

そんなことも知らないで、弟は「やろうやろう」の一点張り。今も言ってる。無視していたらしまいに後ろから椅子をけってきた。私は怒って、でも少しはふざけた気持ちで、ねじ木（これは、お母さんのタンスの上に置いてあるねじれた木の棒のこと、ほんとに、まったくの木の棒、どうしてこんなものがあるのかはわからないけど、縁起物ということらしい）まで突っ走って、そいつで弟のおしりをたたこうとした。でも、狙いがはずれて腰の横の硬い骨に当たって、カツンと高い音が響いた。弟は崩れ落ちて、よくわからないけど笑っていた。それを見た私も、こうして日記にもどってきてからもずっと笑っている（字がふるえているでしょう）。

私は、どこの誰に向けて「オセロ将棋」や「ねじ木」の説明をしているのだろうか。叔母はこういうものを読みたくなかったのかも知れない。なぜなら、それは意識的にせよ無意識的にせよ、また遅かれ早かれ、叔母に向けて書かれているに決まっていたからだ。

私は叔母に褒めてほしかった。素敵なアーモンドスライスの思いつきを、今にすれば気取った自己注釈を、余さず読んで欲しかった。だから、近所の祖父の家（開業の眼科医で、住まいは二階と三階にある）に住まう叔母が訪ねてくるたび、リビングで話に興じて油断したり、うっかり机の上に出しておいたまま遊びに行ったりしていたというのに、最後まで手を付けることはなかったようだった。

もちろん、こっそり読んでいないとも限らないけれど、それを確かめることもできない。笑いやんでいるところを見ると弟のしびれも治まったようだし、叔母も亡くなってしまった。もう三年になるが、ねじ木だけが相変わらず箪笥の上に立てかけてある。

私は途中から、叔母に読んでもらおうなどという不遜なことは考えなくなった。書きためて三冊になった日記は注意深く、人目に晒さぬようにしてきた。しかしこうしてパラパラめくっていると、思いも寄らぬことが書いてあるものだ。

次の日記は二〇一〇年三月十五日、彼女は小学校の卒業式をあと十日に控えている。

あんた、誰？　国語の時間、小川先生が卒業のために六十三人一首を編むと言って短歌を作ることになった。テーマはもちろん卒業で、今日は説明、提出は明後日。こういうことには手が抜けない私は帰ってずっと考えた。発句がどうしても思い浮かばないから、「友」につながる枕詞がないかとゆき江ちゃんに電話したら、すぐ「かこつるど」だと教えてくれた。礼を言ってすぐに切って、できた歌はいつも恥ずかしい。

かこつるど友とも言えない私たちを
待たぬ桜の散るを見る夜

かわいげのない短歌の記憶はなかったけれど、そのせいで、今まで一度も思い出したことのないこの電話をかけた時のことだけは急にはっきり思い出された。「かこつるど」と小さな受話器から耳ざわりのいい声がしたリビングの電話機は今も我が家の現役で、私は何度も叔母と長電話したそれを、用もないのになんとなく取って耳に当ててみることすらある。ダイニングの椅子を引っ張ってきて、その上にあぐらをかいての長電話すらもどかしい時は、難なくひとっ走りして直接訊ねた。生涯独身の叔母はいつもそこにいて、私たちは病院の待合室まで降りていって、電気を一つだけつけて色々な話をした。

それでかれこれ十年、小川先生も含め、この短歌は「かこつるど」という枕詞など存在しないという指摘を受けずに来てしまった。私は叔母に一杯食わされたことにやっと気付いたところだ。これは森鷗外の親友だった賀古鶴所《かこつるど》のことである。死の迫った鷗外に頼まれ、枕元で遺言を筆記した。それで、鷗外の話すまま「少年ノ時ヨリ老死ニ至ルマデ一切秘密無ク交際シタル友ハ賀古鶴所君ナリ」と、自ら書くことになった。

私はこのおそらく本邦最新の枕詞の収まりの良さや、それを姪からの電話一つに速やかに忍ばせ、学校に提出させて放っておく気楽さに感心する。こういう出来事が、私の気付かないままいくらでもあったということを確信させて、叔母はもういない。

初めて叔母と二人で旅行に出かけた時の日記が愛想のなくなった文体ながらも残っているのは、ふと寂しくなる私の心を慰めてくれる。二〇一一年九月二十九日、中学校の定期試験後の休みを利用して、箱根に旅行に行ったのだった。今、目をひくのは、こんな部分である。「あんた、誰？」は中学に入って間もなく勝手にやめてしまったらしい彼女は足をすくわれる。

ホテルはちょっと古めかしい。映画チャンネルで「ランドリー」「スパイ・ライク・アス」「マダガスカル２」とよくわからないラインナップが何回も繰り返し流されてた。紅茶のティーバッグ三種の即席くじを私が引いて「スパイ・ライク・アス」を見ることになった。ジョン・ランディスのスパイ・コメディ。何と言うことはないけれど、ポール・マッカートニーのテーマソングがいやに耳に残った。聴きながら字幕を眺め終えて、テレビを消しても“Ooh, ooh, what do you do?”まだ頭の中で鳴ってる。ゆき江ちゃんは感想もなくさっさとユニットバスで寝支度を始めた。「ねえ!」と水音のする方に叫んで“What do you do?”という歌詞の意味を尋ねると、“What do you do for living?”の短縮形だと教えてくれた。「つまり『あんた、何者?』ってことね」と言って、質の悪い歯ブラシを乱暴に動かして、ユニットバスに引っ込んでいった。私は「あんた、誰?」を思い出した。その言葉を、日記の冒頭にしばらく記していた時期があった。

“What do you do for living?”

スパイにかけられる言葉としてこんなに適当なものはないし、言葉があらゆる意味を引き連れてくることを考えると、なかなか身につまされる質問のように思えてくる。あの頃の私に何も知らせず訳させたら、あまり英語の出来がよくない彼女は、こんな風に予習ノートに書いてしまうかも知れないからだ。

『生きているために、あなたは何をしますか？』

あれ以来、スパイという職業が私の興味を惹いてやまないのは、最高の任務が、あらゆる任務および活動の後ろに隠され続けているように思われるからだ。最高の任務が念頭に置いている任務であるかはわからないが、その一環であることは確かだという確信の中で動き続けること。緊張の中で死ぬまでを生きること。それは、自分に向かって「あんた、何者？」と問われ続けることと同じになる。「あんた、何者？」と絶えず問い続けることと同じになる。私はいつしか日記を書くのを止めてしまったが、きっと、絶えず書き続けるべきだったのだろう。生きているために。

少しして、家に卒業・修了決定通知の封筒が届いた。その裏面には卒業式の「家族入場券」が印刷されていて、これを切り取って持参するらしい。会場の収容定員の関係で、学生一名につき二枚までということだ。

「私とお父さんが出るわよ、そりゃ」

「そんなの洋一郎がかわいそうじゃん」私は道化ぶった首振りで反論した。「ていうか、みんな来なくていいんだって。ちゃんと出席するから安心してよ」

「信用できるはずないでしょ。あんた、公務員試験の三次面接さぼったこと忘れたの？」

「忘れた」と私は言った。「二次のグループディスカッションで、テレビのバラエティ班のクルーとして無人島に行かされてタレントに渡す三つの道具や安全に撮影するためのスケジュールをみんなで相談してプレゼンしたところまでは覚えてるんだけど――」

「帰って来るなりバカみたいってふてくされて次の面接に行かなかったんだよ。せっかく通ったのに」

「あの時の全員、茶番に付き合った自責の念で辞退してると思うよ」

そんなわけ――母の言葉は「父さんと母さんが出りゃいいよ」という弟の声に遮られた。弟は家族入場券に目を落としたまま続ける。「俺、その辺でぶらぶらしてるから」

「じゃああんた、何のために来んのよ」

「その後にメシ食うじゃん。姉ちゃんの入学式もそうだったろ」

「ああ」と私は納得して笑みを浮かべた。「炒飯食べたさに来るんだ」

五年前の入学式のあと、こんな時ぐらいは豪勢にとか何とか言って、家族四人で高級中華料理店に行ったのだった。その時も後から合流した弟は炒飯にやたらと感動して、それから事あるごとに言うのである。式場は同じだし、また行けると期待しているのだ。

「俺、あれ以来、炒飯食べてないんだ」

「は？」

「あれがうますぎて、五年、他の炒飯食べるのやめて待ってたんだ。密かに」

私の呆れ顔には、ちょっとした畏怖の色が差していたと思う。「本気で言ってんの？」と訊いてから母を見ると、同じ顔をして息子を見つめていた。

それを察して黙った弟は、確かに休日の退屈な昼下がりになんとなくお腹が減って、私は食べるけどあんたはと水を向けてもいらないとか気のない返事をすることが多かったりして、そういえば冷凍炒飯すら食べているのを見たことがなかった。

「外食の時も？」

「うん」

至って真面目なその顔。それが炒飯を楽しみに姉の卒業式が終わるのを待って辺りをぶらぶらしているのを想像したらたまらなくなった。

「わかった」私はにこやかに観念して言った。「卒業式、出ればいいんでしょ。お父さんとお母さんも来ればいいし、炒飯も食べよう」

母は拍手、弟は小さく低い感嘆の声をあげた。

大学入学後、叔母とあちこち出かけたものだ。しかし、私がそれについて書くことはなかった。書かない方がふさわしいような気がしたのは、叔母離れをしなくてはならないという若い危機感があったこともあるが、叔母といれば、私はとりあえず「あんた、誰?」なんて声を自分に向けずに済んでいたからかも知れない。

だから、叔母が亡くなって一年ほどして、大学を休学した私はまた日記を書き始めた。それは叔母と出かけた場所へ一人で出かけるという形をとって行われた。そのあたりの事情が書き込まれたものに、二〇一九年五月五日の日記がある。それはひどく長く、何日にも渡って書き継がれている。

二年前、二〇一七年のこどもの日、私は予定より三時間の大寝坊をした。未明、年は問わず五月四日にまつわる日記や書簡を読み漁り、気に入ったものをノートにせっせと書き写していたせいだ。実用的にも文学的にも不毛な日課が、このように日付の確認に役立つこともある。その時、大学二年だった私には書庫を共有するほど仲の良い叔母がいた。いたというのはその翌年に癌で亡くなったからだが、書庫から持ち出してきた『クライスト全集』や『デスク日記』の五月四日が書き写されたノートを見ると少し胸が痛むのは、叔母とのハイキングの約束を忘れて眠りこける自分を思い浮かべるからだ。

当時の私たちは休みを合わせ、東京都内の我が家を起点にした全打球図のような日帰り小旅行を方々に飛ばしていたが、その日はゴールデンウィークの混雑を避けるため、茨城はかすみがうら市の閑居山《かんきよざん》へ行くことになった。筑波連山の一つで、弘法大師が東国遍歴のうちに庵をつくって閑居したのでその名がついたというが、所縁のものは何も残らず、観光地とはとても言えない。

さあ、朝の九時。私が起きてくる時間だ。ちなみに私はこれを書くにあたって、当地をなるべく当時のやり方で再訪してみたところである。つまり、未明に先ほどの文章どもを書き写し、明けて九時に起床し、以下に書く通りに動いてみたのだ。悪あがきに過ぎないのは承知しているけれど、私の趣味といえるのはそれぐらいなのである。

あの日、ＬＤＫに出た私が見たのは、トレッキングに適した格好でソファに置かれた新聞を読んでいる叔母の姿だった。誰かに放り投げられて、一部が垂れ下がって床に着きそうなほど無造作に置かれた新聞に指一本触れることなく、腰をかがめた窮屈な体勢で覗きこんでいた。

「ゆき江ちゃん！」

私が声をかけると、叔母は顔を上げてこちらを見た。ハットをかぶっていたならちょっと差し上げるぐらいのあたたかな微笑が私に向けられた。

来ているのになぜ起こさないのか理解に苦しむが、部屋にＵターンして大慌てで準備を整えた。きちんと机の上に畳んでおいたジーンズにＴシャツ、昨夜から準備万端の黒いリュックサックを背負って廊下を滑るように戻ると、叔母はまだ同じ体勢で新聞を読んでいた。

「お父さんとお母さんは？」

「新車に乗って打ちっ放しへ」と叔母は言った。「仲のいいこと」

「昨日までケンカしてたのに」と言ってすぐにそんな暇がないことに気がついた。「早く行こう！」

「歯みがきぐらいしたら？」

言われて私はそれを済ませた――と書いておくことで、今後のおしゃべりの聞こえもよくなるといい。語り口に爽やかな息というものが存在するならの話だけれど。

目的地は常磐線の石岡駅だ。二〇一六年に改築されたとかいうこの駅は、どうしてまあこんな所にこんな立派なという二年前の印象を今も保ち、滝平二郎の切り絵作品のステンドグラスも色鮮やかに、私の二度目の旅の気分を盛り上げてくれる。

とはいえあの時、寝坊した私はこんなにいい気分でも態度でもなかった。今日はどう足掻いても気分最高な一日にはならないという気持ちを車内どんどん膨らませていた私は、叔母の前ではいやな態度を隠さなかった。もう午後一時を回っているせいでずるずる歩きの二十歳の小娘がそれでも先導しなければいけないのは、叔母が重度の方向音痴だからである。駅を出ると、整備されたロータリーからいくつかの道が延びている。念のため印刷してきた地図には、私が三日前にそれはそれは張り切って引いた赤い線が閑居山まで続いていたが、例えばこれを叔母に選ばせるとしよう。すると叔母はまず、出口を間違えたのではないかという可能性を第一に考え、しばらくそこに留まり、しばらくして反対口に行って同じことをする。そんな時間はないからうらめしく地図を確認して道を選ぶと、私の機嫌に対しても何に対しても精神が柳に風にできている叔母は、まったく気分を乱さずのこのこついて来る。

国道三五五線に突き当たって左に折れると、かつて水戸街道の宿場町として栄えたあたりだ。そんなことを知らなかった私も、軒のない二階建ての店舗住宅が立ち並んだ商店街の抜けの良さを感じていた。目にかかる青空との境界をなすいくつかの店舗の住宅部分にあたる二階では、洋風の意匠を凝らした外観が目を引いた。

「あれ、何？」私は自分の機嫌を取るべく明るい声で訊いた。「ちょっといい感じ」

「看板建築。中は普通の木造よ」

「張りぼてってこと？」

「防火の用はあっただろうけど、そうかもね」叔母は眩しそうにそのうちの一軒を見上げた。「左官屋がモルタルとコテ一本で仕上げた張りぼて」

「様式は？」

「気まぐれアール・デコってとこね」

話しながら、ちらほらとあるそんな建物に目を配る叔母の後ろに私は下がった。

「あっちは銅板にタイルも使ったロマネスク。ロンバルディア帯付き」

指さした建物の二階部分の中央には、レンガを積んだ背の高いアーチに囲まれた「十七屋商店」の緑青文字があった。それが広げた腕のように見える屋根の縁には、端から端までフリンジめいた小さなアーチが連なって、つまりそれがロンバルディア帯らしい。

「あっちは、イオニア様式とコリント様式の組み合わせに、お好みの模様をつけたとんでも古代ギリシャ様式」

このあたりの初歩的用語は、当時の私が頼りない知識のために聞き漏らしているに違いないものを、今の私が埋め合わせしたものだ。二年越しの実り少ない落ち穂拾いには、町おこし同様の虚しさがついてまわる。叔母がいたら、二人でまたここを訪れるだけで、もっと正しく楽しい言葉が聞けてそれでよかっただろうに、看板建築は登録有形文化財として商店街にちらほら残るばかりなのだし、私たちの会話もまたそのように消えては残り、残っては消えていく。

「この町に、技術と情熱と誇りをもった左官職人がいたのよ」

後日談ということになるが、私は石岡市立ふるさと歴史館を訪ねてその職人を知ることができた。土屋《つちや》辰之助《たつのすけ》という名で写真も残っている。一九二九年に石岡は大火に見舞われ商店街のほとんどが焼失したが、恰幅のいいその左官屋は、東京で磨いたモルタル仕上げの技術でもって、水戸街道沿いに再建される商店を素晴らしい張りぼてで覆っていった。復興は劇的に、華やかに進んだという。

彼を思うと、私の胸は程よくかきまわされた生クリームのように小さな角を立てる。道行く人の見上げる蒼天に己のありったけを輝かせようとした地上の星──そんな人々の痕跡を叔母は見逃さない。

　商店街の途中を右に曲がって、市街から離れていくのが地図のルートだ。道すがら、小さな公園に立ち寄り清潔な公衆トイレで用を足した後にちょっとした事件があった。化粧もしていないのをいいことに水飲み場で顔を洗おうとした私は、レバーと蛇口の勝手がわからず勢いよく真横に水を噴出させ、ジーンズの恥部一帯を派手に濡らした。粗相をしたようにしか見えない間抜けな女子大生は、再び目的地に向かって歩き出すわけにもいかず、時すでに午後一時半を回っていることもあり、全く情けないことにめそめそし始めたのであった。

「気にせず歩くべきか、それとも乾くのを待つべきか」試すように言う叔母には、姪に試練が降りかかるのを面白がるようなところがあって、こうした問答はごく自然に恥ずかしげもなく行われたし、それ自体が私を怒らせることはなかった。「すれ違う人が見るものをどのくらい重大に扱うべきか」

「うるさい」

「それともそれって」誰でもない少女の声を気もなささうに響かせる。「くだらない自意識なのかしら？」

「それはそうでしょ」

それはそうなのに、油断すると涙が湧いてくるような感覚が目頭を離れないのだ。静かな道路に背を向けて公園の奥へ奥へと歩いて行きながら「だって」と叔母に聞こえないように言った――それとも、聞こえていたんだろうか。

日当たりの良いベンチに腰掛けて、私は手を下げ足を広げ、お天道様に恥部のあたりを晒した。ベンチの板のわずかな隙間から顔を出したハルジョオンを挟んで、叔母は少し離れて座っていた。

私は二年ぶりに同じ場所に座ってみた。書物は再読することしかできないとナボコフが書いている。その全体で何が起こるかを知る過程を乗り越え、二度、三度、もしくは四度、さらにはもっと読み返すことで明確に把握し、味わうのだと。私と叔母の間にもはや新しい出来事が起こる望みはなく、本当の会話は一言だって足されることなく、ともに歩いた各地をせいぜい再訪することしかできないのは余りにも残念だが、私はそれを再読できる可能性について、それが逃げ出さないようなるべくゆっくり考えているところだ。

もちろん季節は何度か巡ってしまった。悲しみが胸に迫ることもある。そんな時に唯一の慰めとなる自然は、細部においては数年隔てた記憶の歯が立たないほどぎっしり詰まり、全体においては数年前も数百年前もこんな感じだったに違いないという感銘的な静けさでそこにある。少なくともその風景は、二人でいた数年前のために、今も心をこめて書き足すことができる。そして、それで何ら心が痛むことはない。

狭い区画のどこもかしこも、草花が春を謳歌している。ブランコはほとんど草に埋もれ、砂場にさえナズナが生えそろい、奥の雑木林にそのまま続くゆるい傾斜ではサクラソウの淡紅色が点々と、木陰の内や外で穏やかな風にそよいでいた。上空ではクマバチが縄張りを見張って浮揚して、ふいの旋回が引き起こした小競り合いで私のそばまで相手を追い立ててまた戻る。ベンチの前に目を落とせば、さっきから目の底にかかっていたハナアブの低い旋回。背伸びしたシロツメクサの花の隙間を飛び回り、時折ぶつかるようにとまって玉のような白を震わせている。タンポポの綿毛は風の吹き込む道路側だけが禿げて見事な半球を並べて、そこを飛びすぎるツグミの影は強い陽射しのせいでとても黒く小さくいつまでも目に残った。

ジーンズの藍が元通りに薄れるまでにした会話で覚えているのは一つだけ。この日の数日前、両親と弟と私の家族四人で、是非とも新しいフォルクスワーゲンを転がしたい父の号令で日帰りの小旅行に繰り出した時の出来事だ。それにしても花が見たいという母と私の要望で東武トレジャーガーデンに寄った。西洋庭園風の施設で、草花の愛らしさにやられてしまった母は憑かれたように写真を撮りまくった。父と息子のぼんくらどもが貴乃花のイントネーションでバラの花、バラの花と面白くもなさそうにふざけているのから逃げるように私を庭園中連れ回し、人の群がるネモフィラ見物はそこそこに、そろそろシーズンの終わりを迎えるライラックの小道でまだまだ盛りの一群を見つけ、甘やかな香りを浴びながらああでもないこうでもないとか言いながら。私はその中の会心の一枚を今も閲覧可能である。画面いっぱい遠近のあらゆる方向に渡るライラックの枝葉に所狭しと宿った大小の花房が、漉された陽光でちらほらめくるめく白さに輝いていると いう素人写真家にしてはちょっとしたものだ。帰りの車中、私が申し出て一際目立つその写真をスマホの壁紙に設定してやった。そうして母の機嫌がいいと私たちはなんとなくほっとするようなところがあったが、ややあって、花房の隙間に白いポロシャツを着た父のめくるめく喫煙風景が小さくぼやけてまぎれ込んでいるのが母自身の目によって発見された。運悪く、喫煙所がライラックを隔てた奥に設置されていたのだ。母の落ち込みようったらなかった。この日唯一の味方だった私のちょっとした笑いがそれを一気に爆発に導き、家族の夕食は見るも無惨なものになってしまった。

「その写真、今日も壁紙のまま？」と叔母は訊いた。

「お母さん自分じゃ戻せないから、多分」

この台詞は未だに効力を持っている。というか、機種変更だのなんだのあるたびに私がそう設定してはあの日の記憶を前面に召喚するのである。

叔母は何とも言えぬ表情でベンチの隙間に顔を出しているハルジョオンに手をにじらせ、指の間に茎を通した。私は今、その席を空けたまま、その仕草を思い出しながら、ハルジョオンは見当たらぬまま、その真意を探ろうとしている。私が想定する真意とは、その人間が何を書こうとしていたかということに尽きるようだが、とするとそもそも書かなかったり、はたまた書いたものを隠し通したりした人間の真意を知る術は一つもないのだろうか。

叔母は私の知る限りで最も聡明かつ、いかにも興味深い真意の存在を絶えずちらつかせる憎き人物だったが、二千五百年前からの最も冴えたやり方を踏襲して、文字の証拠を一切残さず、今はこちらも草葉の陰でめくるめいているところだ。

ジーンズはすっかり乾いて元の色を取り戻し、私たちはまた歩き出した。日焼けも辞さない日光浴によって私の不機嫌も峠を越したようだったし、気持ちよく伸びる舗装路が、遠い山並みが、その穏やかな先行きを示してくれるようだった。広がる田圃は輝く空を鈍い群青に映しながら、目を凝らせば細い苗の点描を整然と並べている。ところに遠くから青鷺が降り立つ。獲物をさがして苗を踏むことなく盛んに歩き回り、やがて細い畦に足をかけて首を低く前に差し出したところで止まった。私たちはその長い時間を見ていた。

青鷺は二年後の今もそこにいて、今度は一人きりの私を出迎えてくれる。同じ青鷺かはわからないし、そうである可能性の方が低いだろう。しかし、こんなところで間抜けがしみじみ眺める成鳥は、どれもみんな同じ奴に思えるものだ。かつての私は、鶯も雁も何もかも、歳時記上に登録される一羽か一群しかいないかのような古人たちの歌いぶりに苛立っていたが、もはやそんな気持ちになれはしない。青鷺はあの時、叔母と見た青鷺と見えてしょうがない。私は彼をじっと見た。

昼の最中、何度でも田に舞い降り羽を音もなくたたんで水の中に目を落とせば、ぬるそうに積もった泥へ小さなものの動きを予感する。自分が何ものか問うまでもなく青鷺が青鷺である限り続くその行為は、彼が立派に獲物を捕らえるようになる前の幼鳥だった頃、人目には「練習」に見えたことだろう。しかし、それがいつ練習でなくなるのかわからないなら、彼は今なお、そしてこの先も、練習の真っ最中ではないか。そうなれれば、私だって「あんた、誰？」と書く必要はない。その時、心にあるのはきっと、自己を呑みこみ蝕んで覆い尽くすようなものの繁栄とか、そういうものだ。

恋瀬川《こいせ》にあたって沿うように曲がると、サイクリングロードとして整備された小高い土手の細道が遥か先まで続く。人っ子一人いないその道を、左手に川、右手に田畑を眺め下ろし、私と叔母はのんびり山の方へ歩いていった。

常磐道の高架をくぐる手前で、高齢のおそらくは夫婦が田植えをしていたのを私は思い出す。奥さんの方だけが広島カープのロゴの輝く真っ赤なジャンパーを着ていた。ちょうど外野席から見下ろしたような具合に、私たちは彼らを眺めて歩いたのだ。今年の田植えはもう終わっていた。

ふと目に付いた土手下の竹林は、あの頃あったものかどうかわからないが、足下のコンクリートをこじ開けて突き出している若竹が二年の時を物語る。遡上してきた鮭のようにささくれて喘いで見える先端が、痛々しくも逞しい。亀裂の下はいい雨よけになるのだろう、大小何種類かの蟻がいくつも巣を作っていて、その出入りが激しいものだから、殺生せずに歩くのは難しかった。地中の竹があちこちで突き出ようとするせいで吹き出物のように歪んだ舗装を足裏に感じながら、叔母がいたらどうしただろうと考えていた。

恋瀬川を渡って、一面に低く広がった田畑を見渡すばかりの道を行く。このあたりの田はまだ水が入っていない。だだっ広い土気を杉林が囲み、その遠くには霞がかった筑波連山が木々の膨らみを見せて連なっている。「この先史跡あり」との看板によれば、この辺りは、万葉集にも詠まれた師付《しづく》の田居《たい》と称される場所であるということだ。

史跡は田の間に五十メートルほど突っ込んだところにあった。向かう道の両側には、萎えた雑草がまばらに顔を出した田起こしのあと。切って返され重なり合っている濡土の規則正しい尖りを横目にまっすぐ進んで、だだっ広い田居の景色の只中へ立つ。さらに広い青空の光を遮る何もない。碑の裏の井戸に湧く水があふれ、涼しげな音を響かせている。

看板には万葉集の長歌が紹介されていた。

草枕　旅の憂いを　慰もる　事もあらんと　筑波嶺に　登りて見れば　尾花
散る　師付の田井に　雁がねも　寒く来鳴きぬ　新治の　鳥羽の淡海も　秋
風に　白波立ちぬ　筑波嶺の　よけくを見れば　長きけに　おもひ積み来し
憂いはやみぬ

「誰の歌？」説明書きにないことを私は訊いた。

「高橋虫麻呂」と叔母は難なく答える。「おもしろい人よ」

「好きなの？」

叔母は答えなかったが、後で私は書庫の片隅で虫麻呂について書かれた本を三日がかりで見つけ出した。叔母が死んだ年には彼に関する新刊も出た。そこにまとめられる高橋虫麻呂の人物像は、以下のようなものだ。

生没年、経歴は不明。常陸国守に着任した藤原宇合《ふじわらのうまかい》に取り立てられて下級役人として各地へ付き従ったと思われる中で歌を詠み、万葉集に三十六首が残った。伝説を素材にした女について外見や服装に詳細な描写を交えて歌う一方で、自分の家や妻の歌は一首もない。類例のない歌も多く、ホトトギスは万葉集中で最も多く詠まれた鳥だが、その習性である托卵を取り上げているのは虫麻呂だけだ。孤独な生い立ちを持つその鳥が闇夜にひとり鳴く声を「あはれ」と詠んでいる。

筑波山にまつわる歌はいくつかあり、看板にあったのはそのうちの一首「筑波山に登れる歌」だ。目の前の景色や己の心情ではなく、そこに醸した幻想や願望を言葉によって見るばかりの虫麻呂にあっては数少ない例外である。ともあれ、そんな人間でなければ、厳しい風景を「よけく」と思ったりはしないだろう。見えすぎる目によって美しく眩んだ世界を生きていたであろうことは想像に難くない下級役人の「憂い」が、孤独な登山を思い立たせ、冴え渡る青田でも豊かに実る稲穂でもない、すすきの花穂さえ散りこぼれる、湿地の沼に白波立つような強い風の、秋らしいというには余りにも寒々しい晩秋の風景の中、ひとときだけやむ。

現実を自由に処理する言葉で「われ」を隠す者に残る心情は、孤独な「憂い」のほかにないのかも知れない。この謎多い歌人はまんまと私のお気に入りとなった。見るものに何を見たかを書くばかりの孤独を思い知らせる詩人として。叔母だって、私と同じ景色を目にしながら何を思っていたのか。いかなる処理も施すまいと生きていたような彼女は、虫麻呂なんかを私に教えて、自分の見た景色を煙に巻くのである。

道へ引き返そうとした時、正面からの山颪が私の手から開きかけの地図を奪い取った。ひるんで俯き、振り返るのが遅れた。そこには目元を覆ってそっぽを向いた叔母がいるばかりで、地図はどこにも見当たらない。飛ばされて、水路にでも落ちたのかもしれない。

里を汚したうしろめたさで、私は何も言わなかった。閑居山はもうすぐそこで、じきに案内板も立つようになった。道標によれば山中に百体磨崖仏《ひやくたいまがいぶつ》と呼ばれるものもあるそうだ。私たちはそこを目指すことにした。行き当たりばったりはいつものことだ。

閑居山の東麓は森林総合研究所の試験地となっている。フェンスが巡らされ、立ち入り禁止の看板が立つ中を進み、一転して人の手が行き届いているとは言い難い山に入る。草木は我先にと歪に伸びて道を塞ぎ、木漏れ日もほとんど見当たらない。じめじめした道らしきを一歩踏み外せば湿った腐葉土の柔らかみに沈みこむ。孟宗竹の林を横目に、苔むしてあちこちに黒々した水を溜めた切り出しではない石段を踏み登る。たくさんの五輪塔や石仏に導かれるまま薄暗い斜面を行くと、大きな岩の重なる険しい崖の下に出た。

それらのあらゆる横っ腹に、円と楕円をつなげたような仏らしき輪郭が風化に耐えながらびっしり並んでいるのが百体磨崖仏だ。

「なんで彫るの」

私の問いは、岩場に登って薄い彫りに指をかけてまるで聞いていない叔母のせいで、独り言にしかならなかった。

そばの岩盤に空いた真っ暗闇の横穴には「金掘穴《かなほりあな》」と立て札がある。奥行きは十五メートルだそうで、こんなところで金が採れるとも思えないが、ほかに特にいわれはないようだった。

「空海がここに入ってたんならいいのに」と私は言った。

「どうかしら」叔母はそちらへ歩いて行った。

こちらを振り向きもせず金掘穴の狭い入り口に傾いだ叔母が一歩踏み入れただけの体は、長四角の闇に切り取られるように呑み込まれた。姿が見えなくなった瞬間、耳鳴りのような静寂が訪れ、それはきっかり四十分も続いた。信じられるだろうか？　二人きりのハイキングで、暗い穴にふっと消えて四十分、うんともすんともなく、姪っ子を一人ぼっちにさせるなんて。

じわじわ膨らんでいく不安に苛まれながら、私は意地でも穴の中に声をかけなかった。辺りをうろつき、家にあったのとよく似たねじ木を見つけた。それを軽く振り回しながら昼夜の間にあるような薄明を見上げれば木々は低い枝をことごとく落として天井高く茂り、見下ろせば下草もまばらな黒土に朽ちた枝葉が埋もれている。大きなじめじめした空気の中ほど、岩に彫られた仏の輪郭をまた見つめながら私は叔母を思い、無視された文句をもう一度投げる。

「なんで彫るのよ」

今、私は踵を返して二年遅れで叔母を追いかけ、穴へ潜っていった。自然と同じように、いやそれ以上に、闇は時の流れに姿を変えはしないだろう。腰を折って首を突っ込むと少し冷えた空気が肌にまとわる。かがめた体を息遣いごと前へ運ぶ。おぼつかない一歩のたびにゆるく除けられた水音が響く。曲がるとそこは真っ暗闇だ。叔母はどこまで進んだのだろう。何も見えない聞こえないただの暗闇はそんなにいいものでもなかった。叔母のことを考えようとして、何にも言葉が浮かばない。自分がどんなに今日この時について期待していたか気付かされる。

「バカじゃないの?」と呟いたらいやによく響いた。

どうしてこんなところに四十分もいられるのかわかったものではない。と、奥への一歩が何かを蹴った。前に滑った乾いた音を頼りにそれを軽く踏みつけ手探ると、どうも小さく折りたたまれた紙くずだ。拾った拍子にしゃがみこみ、足を伸ばして先が下りの傾斜と知れたら、そこで急に怖じ気づいた。奥にある何ものかに追い立てられるように闇の中を引き返した。

外の弱々しい光が鳥肌をなだめるのを感じる。それにさえ眩みながら、二年前の叔母がしばらく目を閉じていたことを思い出す。それでも私が何か持っているのはわかったらしく、「何見つけたの?」と目をつむったまま訊いてきた。

「ゆき江ちゃん、知らない? うちのねじ木、あれと同じようなのがあった」

「あの、箪笥の上にあるやつね」嬉しそうに笑うが、目は閉じている。

「持ち帰ったらお母さん笑うかな」

「笑うかは知らないけど、喜ぶわよ」叔母は片目を薄く開けて私を見ると、「すっごくね」と言ってまた閉じた。「母の日、それにしたら?」

悪ふざけに、私も私で十五年通っている花屋に悪いからとか返しているうちに、叔母の目は元通りぬるい光に温まって開いた。ねじ木は私によって岩の陰に放り投げられた。

二年前、この時はもう日が暮れ始めていて、私たちの小旅行はたまたま乗れた路線バスで駅まで戻って終わりとなった。一方、一人きりの私は時間の再現を誤り、まだ三時半を過ぎたところだ。どれだけゆっくり、会話をしながら歩いていたのか。

何となくさっき穴で拾った紙くずを開いてみた。この辺りの地図らしい。まず目を引いた赤い線は、薄れた字の石岡駅と閑居山の麓を曲がりながら結んでいる。二年前に二人で、今日は一人で歩いてきた道をなぞるように。

私の身体が何かを知らせるように縮こまった。それは、見れば見るほど、私が師付の田居で風にとられた地図だ。

息が詰まり大岩に背をもたせる。それでは足りずにしゃがみこむ。震える手を膝で強く挟みこんでなおも見る。やがて、光の行き渡った目がもう一本の線に気付いた。まるで消えたがっているような薄い鉛筆書きで、閑居山のおそらくは今私がいる辺りからのびている。行き着くところは閑居山の隣の権現山《ごんげんやま》の頂上で、線の終わりに、野球ボールとバットの絵が描いてあった。

疑問はいくつも湧いてきた。叔母の仕業としか考えられないが、風に吹かれた地図をどうやって手にしたのか。これをいつ書いたのか。あの日なら、あの真っ暗闇でどう描いたのか。だとしたら、いつも手ぶらの叔母がどうして鉛筆を持っていたのか。バットとボールは何なのか。

　鉛筆書きの道はどうやら尾根伝いらしい。木に結ばれた赤テープを頼りに閑居山の呆れるほどに急な道を登りきって、権現山に下りつつ抜けた。百メートル足らずの小さな山の頂上には、昭和天皇が一九二九年十一月十五日に陸軍特別大演習を統監したということで、大きな石碑が建っており、だからさすがに見晴らしは良い。高さはないから、南麓に遠く広がる夏木の茂りが緑の海のように地平線をつくっている。ちょうど後ろに筑波山があり、晩秋、虫麻呂が見た寒々しい風景と昭和天皇が見た軍事演習は、ほとんど季節を同じく隣り合うはずだ。

　季節外れの仲間外れになった気分で私は辺りをぶらつき、目標を捜した。石碑を下ったところには若草が生い茂り、東屋もある。私は暮れ方までその辺りをうろついてバットとボールの謎を解こうとした。明るい天を指していた石碑は「大元帥陛下御統監聖蹟」の文字を薄闇に溶かし、その支えになっている岩も鈍い色に沈んでいく。

　バスもほとんどないし、最寄り駅まで二時間近くかかる。いよいよ望みが薄くなり、私は石碑を囲む鉄棒に腰掛け、暮れなずむ青暗い南の空の上っ張りを眺めるのにも飽きて、地図上のバットとボールをじっと見た。叔母が個人的に書き残したものを見るのは初めてかも知れない。それが何の変哲もない落書きだろうが何だろうが、私はそれだけで結構嬉しかった。叔母は死んだのだとまた思った。

突然、鉄棒を握っていた左手をくすぐられたような感触があった。誰かと思って向いた虚空、その下、私の指先に一匹の蟻がいた。ぎょっとしたが、苦手でもないから暗い眼下の景色に向かって腕を伸ばして歩かせる。遠慮のない蟻はらせんを描くように進んできた。袖の手前、二の腕のあたりで吹き飛ばし、どこに落ちたかと立ち上がり、腰をかがめて足下の岩に目を寄せると、そこら中が蟻だらけだった。

それは突然、私の目についた。

蟻が忙しなく行き交う下に彫られたバットとボールの絵。

そこかしこにボールがばらまかれ、バットなんかちょっと斜めに馬鹿みたいに十本も並んで、最後に「石井博」と署名が添えられている。近所の中学か高校の野球部だろうか。

手もつかない中腰のままじっと覗きこんでいた私は、ますます日が傾いてそれが見えなくなってしまうまで、たぶん微動だにしなかった。なんで彫るのよ——いっぱいの胸からようやく出た呆れ笑いの言葉は声にもならず、来たるべき暗闇の中へあらかじめ吸われてしまっているような、そんな気がした。

「ゆき江ちゃんと行ったとこに出かけるたんびに、そこで自殺する気なんじゃないかって思ったもんよ」

最低限のドレスコードもある中華料理店の個室はとても静かで、すぐ外の音すらほとんど聞こえない。それをいいことに遠慮せず話している母に向かって、私は肩をすくめて見せた。

「あの一年マジでやばかったもん、姉ちゃんの顔」隣の弟がまだまだ残っている蟹炒飯につっこんだ顔を傾けてこちらを見る。

「後追い自殺とかあるじゃない」

私は何とも言えないで、小皿のカシューナッツを箸でつつき四半周と少しすべらせ一手とした。悲しくなかったはずがない。何をしても埋め合わせにしか感じられないで過ごした私を救ったのは閑居山だ。

「それがこうして卒業までこぎつけて、ほんとよかったわよ」

「これからのことは知らんけどな」父が珍しく口を挟んだ。「とりあえず、家事手伝いだろ？」

「めっちゃいいじゃん。俺もそれがいいな」

「長男坊が何言ってんの」

「そんな時代じゃないじゃんか、なんだっけ」弟がようやくレンゲを置いた。「一億総活躍化？　社会？」

「化、はいらない」とたしなめるのは私の役目だ。

「子供二人が家事手伝いになって何が活躍なのよ」

興味の湧かない卒業式が恙なく終わった後の、じゃじゃ馬な長女の卒業をなんとなくからかうような家族の雰囲気は居心地悪いものではなかった。会場を出た時も、父と母と弟の立ち話を難なく見つけられてほっとしたぐらいだったから。

「それで、例の卒業って何よ」私は伊勢丹で七〇％引き五万六千円のニナ・リッチのリトルブラックドレスの袖を肘のだいぶ上までゆるく巻き込みながら言った。「小学校以来のってやつ」

「あら」炒めた空心菜ばかりつまんでいる母親が、その一本の端を口から垂らしたまま私を見た。それを引き上げ、ナプキン裏で口元を拭きながら「あんた、気にしてたの？」と微笑む。

「炒飯の次にね」

母は聞き流すのも面倒そうに私の腕に目を留め、「ちょっと」と眉をひそめる。「折り目つけないでよ、一張羅なんだから」

「折ってないし、折らなかったら酢醤油だらけになるんだけど」

「ストッキングも履かないし信じらんない。卒業式なのにマナーがなってない」

「嫌いなの。だいたいコスプレしてる奴がいるのに何がマナーよ」

「ああいう子は会場の中にはいなかったでしょ」

うんざりしてきて弟の炒飯の三本ある蟹の剝き身の一本を奪ってやったら、何やら小さな声を出しただけだ。気にせずそのまま食べている。

「なに、蟹はそんなでもないの？」

「うん」弟はふざけた照れ笑いを浮かべた。「実は」

「なら普通の炒飯にしなさいよ」と口に運んだ蟹はとても美味しい。ちょっと考えて私は言った。「じゃあ、もう一本いい？」

「別にどうぞ」

「蟹炒飯にしてえらかったね」

「言っとくけど、卒業じゃなかったらあげてないから」

「卒業じゃなかったらあんたここにいないんで」

「炒飯自体に蟹の旨味が出てるんだろ？」

父がちょっと遅れてずれたことを言って、馬鹿息子も「確かに蟹を感じる」とか真面目に返すから、座はしばらく、甲殻類の出汁とは何かとか俺の卒業式の時は何の炒飯を注文しようかなとかそんな話になった。

「炒飯の話、終わった？」私は椅子に寄りかかって烏龍茶で存分に潤した口を開いた。「私の卒業の話、訊いてもいい？」

「それはさ」弟がちょうど炒飯を食べ終えてレンゲを置いた。「そのうちわかるから」

「あなた、このあと予定とかないでしょうね？」と母が訊いてくる。

「ないけど」私は警戒を強めつつ答える。「誰も知ってる人なんかいないし」

「じゃあ問題なし」母は満足げにうなずいてまた口元を拭いた。「そのままついて来ればわかるから」

「何、まだどっか行くの？　今から？　この格好で？」

三人が顔を見合わせる。私はそれを値踏みして、唯一、不安の色をのぞかせている弟をじっと見た。それを察した弟は、我慢しきれずに母を見た。

「あんた、すぐ調べるし、勘がいいから教えない」と助け船が出る。「でも、群馬の方ね」

「群馬！」と素っ頓狂な声が出た。「どうやって行くの？　今日、車で来てないじゃん」

「そりゃ電車よ」

「電車！」

ちょっとふざけて繰り返した私を見る両親の目は実に楽しげだ。

「電車で行くことに意味があるんだ」父が威厳たっぷりに言った。「今日ぐらい黙ってついて来い」

そんな珍しい声を聞かされたら従わないわけにはいかないけれど、不満がないわけでもなかった。

「泊まりなの？」

「そう」

「私の荷物は？」

「適当に持ってきたから大丈夫よ。そんなの気にする玉じゃないでしょ」

「そうだけど」と言いながら納得はいかない。「私に予定があったらどうしてたのよ」

「あるはずないと思って」と母がぴしゃりと言った。

横目で見ると、男どもは笑いもしないでもうデザートを食べ終えそうになっている。

「それで大学はどうでした？　楽しかった？」

うちの母にはこんな風に、話を締めようとする悪い癖がある。冗談でやっているとも思えないのだが、私の書くものが必然性もないのにとりあえずの結末やとってつけたような教訓を避けられないとしたら、それは母の本気《マジ》が染みついて、どうこすったって落とせないからだ。

「全っ然」と私は答えて、心ここにあらずの杏仁豆腐をかきこんだ。

家族四人は店を出て、特急電車に乗るため浅草へ向かう。弟はスーツこそ着ているが、大きなボックス型のリュックサックを背負っていた。

「変だと思ってたけど、あんた荷物持ちだったんだ」と私は背後から耳打ちした。

「知ってることみんな教えなさい」

「だめ、だめ」と弟は逃げるように歩を速める。「電車では離れた席にしてもらうから」

父が買って来た四枚の特急券には浅草から相老《あいおい》と書いてある。二人がけに隣同士と、ばらばらに一人ずつの席割だった。私は一人でいいと言い、世間知らずで甘ったれの弟はいやだと言って母と並んだ。もらった券はなぜか窓際で、私は家族から離れてトレンチコートを脱ぎながらいそいそと席に向かった。浅草からは誰も隣に乗らなかった。

みんなはどうなったかと立ち上がって見ると、五列ほど先、回転させて向かい合わせになった四席の一席に収まっている父が目に入った。声の盛り上がりからすると、旅の道連れはいかにも話好きそうなおばさま三人組らしく、私から見える一人は大きなハットをかぶり、薄いサングラスに大ぶりの真珠のネックレスでショールまでかけて凄まじい。父がその隣で肩身狭そうに腕を組んで目を閉じていた。

その不運に笑っているとスマートフォンが震えて、母から「ちゃんとした格好させてきてよかったわ」とのメッセージだ。母と弟は私の三列前にいて、三人とも容易く父の勇姿を観察できるのだった。「電車で行くことに意味があるんだ（迫真）」と返したら、弟が小学生みたいに顔だけ出して振り返り、声も出さずにめちゃくちゃ笑ってそのまま沈んでいった。

それでも、「意味」というものはどこに見つけられてもおかしくない。ゆっくり動き始めたこの特急には叔母と何度も乗ったことがある。たいてい私の選んだ朝ごはん——煮付けたアナゴのお弁当とか、サバの押し寿司とか——を仲良く半分こしながら出かけていった。流れる景色を出迎え、すぐに見送り、時に指さし追いすがりながら。私が一人席を選んだのは、こういう気分になるに決まっていたからだ。

車窓からの景色というのは、列車の動きと一緒に記憶されているのだろうか。後ろに流れていく風景としての町並みや田圃は、私がふとその場所に立たされたら、そこが車窓から叔母と眺めて指さしたあの場所だとすぐにわかって、手を振りたくなるような、そんな気持ちになるだろうか。

私はこの目に映る景色について書くことが好きだ。思弁や回想を長回しするよりずっといい。こういう考えだって、叔母が巧妙に根付かせたものだと思えてならない。彼女は自分を思い返すことが風景を眺めることと同じになるように、この世界について教えたんじゃないか。そんな邪推を抱えて生きている私でも、今日のような旅では具合が悪い。数列前に家族がいるとなると、奇妙な表現だが、私の目は景色に口をつぐんでしまうような気がする。

だからしばらく、今しているような上滑りの回想や物思いに耽ることになった。景色のことなら、私自身の名にし負うこともあって、思い返し、考えることはいくらでもあるのだ。

例えば、我が家の書棚には佐々木マキの『やっぱりおおかみ』が、さしたる特別扱いもなく、時に応じてあらゆるところにささっていた。目の隠れたおおかみの子供はみんなが楽しそうなあらゆる場面で「け」と吐き散らし、他の言葉を一切もらさずうろつき回る。弟がひらがなの勉強を始めたばかりの頃、二つ上のおませな姉は「洋くんにも一人で読める字の絵本がある」とまずまずかわいいことを言ってそれを薦めた。最初こそ姉が読み聞かせてやったが、それまで「絵の絵本」しか読んだことがなかった我が弟は難なく「け」を覚え、たいそう喜んでそれだけを読み上げ、高らかな音を立てて次々ページをめくっていった。私と叔母はそれを見守っていたが、急にあるところで弟が振り返って私を指さし、叫ぶように「景ちゃんのけ！」だと教えた。

あれ以来ぜんぜん本なんか読まずにぴんぴん育った弟以上の解釈は、この目が黒いうちはちょっとできそうにない。あの日、得意げな弟が叔母に頭を撫でられてこの方、私にとっての景色は、どんなに筆舌を尽くそうとも「け」という聞こえよがしの呪詛の言葉でふりだしに戻ってしまう。でも、それをさらに呪うわけではない。虫麻呂がこの世で人知れず発した「け」が一人きりの筑波山に向かわせたと考えることは、私の内面に今も血を行き渡らせ、それを書こうという気にさせてくれるのだから。

北千住《きたせんじゅ》駅で、私の隣に五十代くらいの小柄で太った男が乗ってきた。

元来がじっとできずにねじれてくる私の身体はタイトなドレスの助けを借りてなかなかどうして扇情的であったかも知れない。気に入ってもらえたのか、ちょくちょくこちらに目をかけてくれる。裾から出た腿から膝上と、時々顔を数分ごと。その前に置かれる、外を見たり、自分の肩口を気にしたりするごく自然な動作は、回数を重ねる毎に不吉なものになっていった。そうして落ち着きなく動くせいで一向に下がってこない男の体温が、窓際に閉じ込められた私にわずかに許された空気を蒸かしていく。旧式車両の席には私と彼を隔てる肘掛けもなく、ワイシャツの半袖から膨らみ出た太い右腕がじりじり迫り、うんざりするほど生えて弧を描いた毛が我がドレスの袖を軽やかに彩るポリエステルの繊細な生地に爪を立て、無数のかすかな音を立てる。窓の外を眺める振りで私の横顔が見られる、脚に視線が注がれる。

子供の頃から何度となく繰り返された「気をつけなさい」という母の言葉が頭の中をぐるぐる回った。何をどう？　トレンチコートが窓の横のフックにかかっていて、それで下半身だけでも覆ってしまおうとも思ったけれど、この男をいとも簡単に憎んでしまうのはどうにもしゃくだった。

「卒業式だったんです」私はとびきりのはにかみ顔を向け、ちょっと首をすくめた。

相手はそうなると私を見もせず、良くわからない会釈と一緒に「あ」とか細い声を出しただけだった。

釈然としない気分で、窓の外に目をやる。東京都から埼玉県へ一向に建物が途切れない景色はさらに色あせて見えてきた。さすがに男があからさまにこちらの顔を見ることはなくなり、代わりに私の膝上だけが、剝かれた果実に何度も楊枝を刺し直すような視線に晒されるようになった。そんな我慢の状態が長続きするはずもなく、物苦しげな一息をついて突如、激しい眠気に襲われてしまったらしい男は、やがて私にもたれかかるようになった。私が心持ち窓際に寄ると、彼の腕だけが粘菌のように少しずつ追いすがってきて、私の腿に横付けして止まった。よく揺れる特急りょうもう号はかいがいしく彼の手伝いをして、軽く曲げた指の第二関節が小刻みに私を擦る。その数を数えてしまうごとに積み上がっていく嫌悪感を手なずけようと試みても上手くいきそうもない。

それでも、何を企んでいるか知らないけれども家族が用意してくれたミステリーツアーをこんな人間に邪魔させてたまるものかという勇気が、私を何の悪感情もない笑顔とますます優美な仕草でトイレに立たせた。トイレは家族がいる方とは反対側だったから、私は一人で立ち向かう気持ちをくじかずに済んだ。

歯軋りする口の中にいるような個室の中で考えた末に、私はポシェットに忍ばせていたボールペンを取り出した。裾をたくし上げ、露わになった自分の左の腿に一つの携帯電話番号を書く。そして、手鏡の中の恐い顔の唇に母から借り受けたスックの焦紅《こがれあか》を塗り直した。

今度は少し含みと色気のある笑顔を見せて席に戻させてもらうと、もう慣れたもの、すぐさま大して遠慮する様子もなくじっと私の脚を見て、腿に手を添えてくる。たっぷり楽しませてやったところで姿勢を正し、膝頭を指で何度か弾いて視線を引きつけると、中指の腹で軽く上へと脚をなぞる。ドレスの裾を滑らかに跳び越えたところで止め、親指も添えてアセテート生地を優しくつまむ。ゆっくり、左脚の方から慎重にすり上げていく。

男は背もたれに張りついて身を硬くした。些細な震動ももったいないといった様子で、どんどん露わになる脚を凝視している。黒い波がひいて番号が現れる。色情が気を良くしてさらにはしたないことには、私はポシェットから自分のスマートフォンを厳かに取り出して、たくし上がった裾の中、やっとその分しか開いていない二本の脚の間にゆっくり、見えなくなるまで差し込んでいった。それから少し腰を上げて、硬い異物に浅く座る形になると、脚を閉じて相手を見た。

諸説あるが、私は隣人愛の視線を送ったと思う。男はみっしり詰まった生え際の根元まで、濡れた整髪料をまとわりつかせていた。ここしばらくの興奮のせいなのか日頃からそうなのか、血を走らせて濁りきった眼が私に向けられた。震えるほど力強く広がった鼻から、詰めていた息が熱く吐き出された。

男は体を傾け、ポケットから派手に塗装の剝げたガラケーを取り出した。それを手首の返しだけで開く粋な動作を見送ると、私は姿勢を正して前を向いた。鮮やかな紅を引いた唇に剃刀の刃を挟んだような笑みを浮かべ、目なんか半分つむっちゃって、いつでもどうぞとその時を待つ。

男は私の腿の電話番号と画面を交互に確かめながら、太い角張った親指をぎっしり並んだボタンの上にすべらせる。一つ一つ押しこむ音が聞こえそうなほど力がこめられて、やがて発信中の表示。私の腿に添えられていた男の右手が、ゆっくり反り返るように私の方を向く。糸を引くようなとろさで五本の指が広がると同時に触れる。

私は目を開き、通路に向かって声をかけた。

「お父さん」

通りのいい声はしていないから、かなり喉に無理をさせた。

私がどこに座っているか捜すつもりだったのか、左右を見て歩いていた父はすぐに気付いて立ち止まった。

「ジュース買ってきてよ」と私は平気な声をかける。

「電話が済んだらな」と父はスマートフォンを振った。

「誰から？」

「わからん」

「番号言ってよ」

「なんでだよ」父は鼻で笑った。

「いいから」と私はちょっと語気を強めた。「わかるかもしんないじゃん。あたし、みんなの結構覚えてる方だし」

納得したのか父は画面に目を落とした。「０９０」と言い始める父の前で、隣の男は硬直したままだ。そして番号を言い終えた途端、電話は「切れた」。

「わかんないや」と私は笑って答えた。「誰だろうね」

「飲み物は何がいいんだ」と父は興味がない。見知らぬ番号からの電話だって普段なら間違いなく放っておく人間だ。あんな席に座らされて、だいぶ参っているのだろう。

私はしばし黙って考えた。親子の間で落ち着きなく動き出した男に向かって、父は「すみませんね」と軽く頭を下げた。男は顔を上げることなく、何度か小刻みに頷いた。伏せたガラケーを持つ手は気の毒なほど震えている。

「カルピス系」

父が去ってすぐ、隣の男もビジネスバッグを提げて席を立った。それはまったく、父とは反対側へ逃げるようだった。ほどなく停車した久喜《くき》駅を発車する時、プラットフォームに、階段へ向かう急ぎ足の後ろ姿を見つけて、私は奇妙な罪悪感を抱いた。

こんなことは、性別によらず欲深な間抜けの一面を等しく持った者同士が領分を争ったに過ぎないと思うことしかできないのだ。これを、私が泣き寝入りしない人間に生まれついて多少の悪知恵が働き、芯から性差を思い知らされる惨めな経験がなかったからこその感想だと言わば言えだが、それにしても、だ。女だから困難なのではなく、女でも困難なことを、若い時分の性を離れてなお考えていくためには、こんな些事を女子一生の問題とするわけにはいかない。

私は父から届けられた注文違いの小さなりんごジュースをちびちび飲みながら、平屋と田畑が増えてゆとりを持ち始めた車窓を眺めた。さすがに虚心坦懐というわけにもいかず、この景色を眺めることに私の性はどの程度関わっているのかなんて詮無いことがだらだら頭に浮かんでくる。それは言葉を介する段階で混じり込んでくるだけなのか、それともこうして目に映した時すでに遅く、母性本能のように何らかの生得性が避けがたくあって、例えばオキシトシンの分泌量に影響を与えるとかして、より良い景色に見せているのだろうか？

そんな考え事の集中だって続かないで、利根《とね》川を渡る橋に差しかかって穏やかな群青の流れに視界がもう一つ下に広がると、濁りきった眼底と一緒に心が洗われるようだ。

すなわちこれが、とかく住みにくい人の世に疲れた景ちゃんの「け」の後で見ることになる景色なのだろう。もしも私の隣が素晴らしい人物で、心落ち着く話に興じる縁に恵まれていたとしたら、利根川には目もくれずに通り過ぎていたかも知れないことを証拠に、そんなことをつい信じてしまいそうになる。

「でも」私の脳裏に叔母の言葉が差し込まれる。「だからこそなのよ」

ほとんど同時に間もなく館林《たてばやし》駅のアナウンスがあった。りょうもう号はちょうど一つ前の茂林寺前《もりんじまえ》駅を通過中だ。この駅の名にとられた茂林寺は、分福茶釜で有名な寺である。館林観光の帰りに、叔母と訪れたこともある。石岡に行った少し後だった。

叔母が「でも、だからこそなのよ」と私に偉そうにでもなく言ったのは、茂林寺の境内だった。こうして思い出すところを見ると、その言葉は今もなお、この地において発せられたという動かしがたい事実によって独特の響きを保っているらしい。その手がかりが五感の爪のいずれかにひっかかるや否や、今この現在がためらいなく一気に剝がされるようにして、私は過去に身を置いている。

それは、大学休学中の私によって、二〇一九年五月十五日の日記として次のように書かれた過去のことだ。

二年前、館林を観光して、まだ帰るには早いから寄って行こうという叔母の提案で茂林寺前駅に着いた時は、午後三時を回ったぐらいだったか、今日の私もほとんど同じ時刻で茂林寺前駅に着いた。

駅舎を出たところに信楽焼のたぬきがいるが、彼らが絶えず目をやる駅前には小さな商店と郵便局以外に何もない。くたびれていた私は二人分の荷を詰めたリュックサックを預けたくてコインロッカーをさがしかけ、そんなものはないとすぐ悟った。

「お店で預かってくれるみたいよ」と叔母が言った。

確かに「手荷物預かり」と書いてある。ガラス戸を開けた事務所らしきところには誰もいない。

「ごめんください」と言ってもしんとしていたが、叔母が後ろから同じく声をかけると、すぐに返事があって、暇そうなご老人が出てきた。

「なんでよ」と叔母に漏らした私の文句も無論聞こえない。

私のリュックサックは時刻を書いた紙つきの針金を巻き付けられて、木棚の上にぞんざいに置かれた。

今日、一人の私は荷物を預ける必要なんて特になかったけれど、あの日を思ってガラス戸を開ける。応対してくれたのは同じ老人だった。おそらく年上の彼がで流れた。

生きているのに叔母は死んだという考えが頭を、電光掲示板のような最低限の熱

「そんなに声が通らないかね?」

あの日の私が財布と小物入れだけのサブバッグを肩にかけながら憮然として言ったのは、商店に設置された自動販売機の前だった。今、そこでお茶を買いながら、叔母が何と言ったか思い出そうとしても出てきやしない。

茂林寺までの道は、数十メートルごとの案内板が、「ぶんぶく茶がま」の昔話と一緒に教えてくれる。その日も思ったたし、今日も思ったことだけれど、私はこの昔話が好きだ。

私が子供の頃に読んでいた昔話の本では、和尚が茶釜を買ってくるところから始まる。小僧が命じられて磨いていると、途中で茶釜が「いたい、いたい」と言うではないか。驚いて和尚に報告すると、和尚は一計を案じ、茶釜に水を入れて火にかける。しばらく何も起こらないと見るや、和尚は「ざつねんがあるからだ」と小僧を叱った。その時、茶釜が「あつい、あつい」と動き出し、和尚はこしをぬかして驚いてしまう。私はその場面が二番目に好きで、一番好きなのはそ

の後、気味が悪いと古道具屋に売られたこの茶釜が、古道具屋が奮発して買った鯛の尾頭付きをこっそり食べてしまった後の場面、ぽかんと口を開けてうつろな目でいろりの前に立ち尽くす古道具屋の絵のところだった。居たたまれなくなったたぬきが、茶釜から顔に手足にしっぽを出した姿を現し、「たいをたべたのは、じぶんです」と白状する。その後、責任を感じたたぬきが古道具屋のために自分を使った見世物小屋を開くことを提案し、二人は豊かに幸せに暮らす。

それとは違うが大体そういうところで案内板も終わり、門前に着いた。平日の午後も下がってのこと、参道に至る道の両脇に連なる土産物屋はほとんど開店休業といった具合で、店の奥に座った店主が大した期待もなく私たちを見やる。たぬきの置物やグッズが所狭しと並べられている。

「たまにはお土産でも買ってけば？」と叔母が訊いてきた。

「家に？」私は遠目にたぬき達を物色しながら言った。結構かわいい物もあったけれど「遠慮しとく」と首を振った。

さんざん方々行ったけれど、私は家族にお土産を買っていったことはほとんどない。アルバイトもせず日頃から親のお金をあてにして本ばかり買っていた私の懐は慢性的にさみしいものだった。道案内をする代わりに交通費は叔母持ちだったけれど、その上、お土産代を出させるわけにもいかないし、よしんば買っていったとて、私の金欠は家族も承知のことだから、叔母に出させたことはすぐに知れただろう。

「もともとうちって家族旅行好きだし、お土産は自足できてるの」

「いいお家に生まれたものね」

「お互い様ですわ」私は反らした手の甲を逆の頰に添えて気のない声を出した。

「叔母様」

総門をくぐれば右に左に色づけされた狸像が並ぶ参道は目にも楽しげな雰囲気だ。私たちは一つ一つ前に立って見て行った。背の高いやつに低いやつ、茶釜や和尚に化けたもの、顔も怖いの間抜けなの、色んなたぬきが出迎えて、そのどいつもこいつもが鯛を食べたことを白状する正直者だと考えると、私の機嫌は悪くない。

「本堂の宝物館に茶釜があるみたいよ」

「茶釜って？」

「分福茶釜」

「あるの？」と私は笑った。「たぬきだったのに？」

叔母は嬉しそうな顔をこちらに向けて頷いた。

「あったらダメじゃん。たぬきなんだから」

樹齢五百九十年というラカンマキを横目に、茅葺きの本堂でお参りを済ませる。同じ堂の中にある宝物館の入り口が隣にあり、三百円払って中に入れば、そこにも剥製から木彫り像やら人形やら、たぬきなら所構わず買い集めたようにひしめいている。何でもありの威厳なしといった風情に、私の機嫌の雲行きは怪しくなってきた。

庭に面した濡れ縁を渡って本尊の裏の間に入ると、立派な棚のガラス戸の中にそれはあった。黒光りした四尺三貫目の分福茶釜。私は一旦コメントを差し控え、隣の資料室にあった説明にも全て目を通した。そのあらましは各伝承を総合すると、（公式サイトにあるように）こんなことであった。

当山は分福茶釜の寺として知られております。寺伝によると、開山大林正《だいりんしょう》通《つう》に従って、伊香保《いかほ》から館林に来た守鶴《しゅかく》は、代々の住職に仕えました。

元亀《げんき》元年（1570）、七世月舟正初の代に茂林寺で千人法会が催された際、大勢の来客を賄う湯釜が必要となりました。その時、守鶴は一夜のうちに、どこからか一つの茶釜を持ってきて、茶堂に備えました。ところが、この茶釜は不思議なことにいくら湯を汲んでも尽きることがありませんでした。守鶴は、自らこの茶釜を、福を分け与える「紫金銅《しきんどう》分福茶釜」と名付け、この茶釜の湯で喉を潤す者は、開運出世・寿命長久等、八つの功徳に授かると言いました。

その後、守鶴は十世天南正青の代に、熟睡していて手足に毛が生え、尾が付いた狢《むじな》（狸の説もある）の正体を現わしてしまいます。これ以上、当寺にはいられないと悟った守鶴は、名残を惜しみ、人々に源平屋島の合戦と釈迦の説法の二場面を再現して見せます。

人々が感涙にむせぶ中、守鶴は狢の姿となり、飛び去りました。時は天正《てんしょう》十五年（1587）二月二十八日。守鶴が開山大林正通と小庵を結んでから百六十一年の月日が経っていました。

後にこの寺伝は、明治・大正期の作家、巌谷小波《いわやさざなみ》氏によってお伽噺「文福茶釜」として出版され、茶釜から顔や手足を出して綱渡りする狸の姿が、広く世に知られる事になりました。


「しまらない話ね」

私は資料室にいくつも置いてある年季の入った革張りのソファの背もたれにお行儀悪く肘をのせて振り返り、鎮座している茶釜を見ていた。昔話への思い入れは存外深かったらしく、何から何まで不満たらたらといった気分だった。

今、同じソファに座って、その時の会話を少しぐらいは思い出したい。

「源平屋島の合戦と釈迦の説法の二本立てで涙のお別れって、これ、すっごいぽんくらが考えたんじゃない？」と私は前に向き直った。「この部屋もひどいし」

資料室は、狸に関するものからご当地の観光情報まで手当たり次第に貼り付けたボードがいくつも並び、年季の入った棚にキャラクター物のハンドタオルが敷かれ、その上に信楽焼の狸やら、もっともらしい水墨画が鎮座する。一番奥のボードで区切られた場所にはくすみつつも色とりどりの座布団が散乱し、「ぶんぶく茶がま」の収められた昔話のアニメがそうでない話も含めてＶＨＳで延々流され、私たちの他には誰もいない部屋中に、暢気な会話が響き渡っている。田舎の中流家庭が文化祭の郷土研究部の発表室に長年住みついたらこんな感じだろう。

「ぼんくらでいいじゃないの」向かいに座った叔母は、そばの棚で斜めになっているたぬきが主人公のＳＮＳ発の四コママンガをまっすぐ正してやりながら言った。「百六十一年お寺に居着いちゃったたぬきにぴったり」

「そのせいで巌谷小波の創作意欲の餌食でしょ。ほぼ原形なくなってるじゃん」

と私はまだ納得しない。「好き放題やれて楽しかっただろうね」

「おかげで、大好きな『ぶんぶく茶がま』ができたんだから、文句ないでしょう」

「でも、私の好きなお話が」叔母からの返球を期待して、複雑な思いを何とか勢いある言葉にしようと試みたが、私の言葉はそのまま下に取り落とすみたいにしかならなかった。「お話だったたんだなって、さ？」

「興味深い感情ね」

私を見透かし手を差し伸べない叔母が今も憎たらしい。あの時と同じビデオの音が延々聞こえていても、一人になった私はその感情を、大いに興味があるというのに上手く思い出すことができない。もう宝物館は閉まる時間で、私も、あの時の私たちも外に出る。

「十数年、化かされてたみたい。お話に気を取られてさ」

下駄箱からスニーカーを放り出した目の前、横に広く枝を張ったラカンマキは、いくつも支柱をもらって低く横に茂り、辺りを暗く沈めている。

「この木が五百九十年ってことはさ」

「守鶴がいる時に植えられたか生えてきたかね」すぐに引き継いだ叔母は、いちいち靴紐を結び直しながら、そばの境内案内を見上げていた。「裏に、守鶴堂があるんですって」

ところで——あの時は目もくれなかったのだが——私は寺務所でただ単に可愛いからという理由で御守を授かることにした。小ぶりの黄色い守袋の真ん中に狸の目元と、下の一帯に白いおなかがあしらわれている狸守というものだ。弟にあげるつもりだった。

さっさと行く叔母を追い、砂利を踏んで本堂裏へ向かう。奥まった場所に守鶴堂はひっそりとあった。

「この人は本当にいたってことだよね」

「その上、本当にたぬきかも」

「やめてよ」

「百六十一年もいたんだもの」

「書き間違いか同じ名前の坊さんでしょ。それを後世の人がお話にしたのよ。なんでもお話。私、知ってるんだから」

「けど、守鶴は、ただ自分がここにいるために人を化かしてたのよ」

「人を化かすのは目的ではなく手段だったたって？」言い返してやろうという意気を保ちながら、私は叔母が何を話し出すものやら様子をうかがう。

「今見てるものを、今見てるように見続けたくて、しっぽを出さないよう気を張ってたの」

こういう言葉が不確かに蘇ってくるのは、あの時よりもっと強く私をしめつける。あの時感じたようには今日感じないで、あの時感じなかったように今日感じる。

「大好きな屋島の合戦も釈迦の説法も我慢して？」身に染みていないあの時の私は、よせばいいのにまだ口答えして、羨ましいことこの上ない。

「ここに来て百四十四年が経った千日法会で、彼は、人智を越えた分福茶釜を出さないわけにはいかなかった。なにしろ、お寺の名誉に関わる一大事よ。ともに暮らす人たちが目の前で困っている。お世話になった、もう死んでしまった人たちのことも思い浮かべる。悩んだ末に、彼は分をわきまえないことを選んだ」

「それだってお話よ」

「そうね」と叔母は言った。「でも、だからこそなのよ」

私はようやく神妙な顔で聞き始めた。

「ここで生まれるどんなお話も、その出来や真偽や描写によらず、本堂や茶釜やラカンマキや林や沼や人々をなきものにはできない。書かなくたって、それらは書かれなかっただけで、確かにお話の中にあったでしょう」

「有無を言わさずね」

「なら、彼らはどうして書かないのか？」

「お話バカには景色なんてどうでもいいからよ」

「なら」と再び続ける叔母の話はそもそもが私を一生追いつかせない飛び石のようだったからこの再現にも自信はないけれど、こう言ったことだけは間違いはない。

「守鶴和尚は『け』と言っただろうか？」

こんな回想は、それこそお話バカのやることなのだろう。別にわざわざそこにいるはっきりした理由もない、ということはただそこで生きていたかっただけに違いないたぬきが過ごした百六十一年やその間に見ていた景色に無頓着でいたって、何の不都合もありはしないのだ。もちろん、それを考えるために人の世に「け」とふて腐れるのも自由だろう。でも、だからこそ、私としてはどちらに堕するわけにもいかない。守鶴の如く「け」とも言わずにこの風景を見ること。見続けたいと願い、しっぽを出さぬように気を張っていること。私は、お話の中にまぎれたこの世のものについてどれほどのことを、強く優しく礼儀正しく考えられるだろう？　そして、それに満足していられるだろうか？

その後、今日は疲れたからこれで帰ろうと叔母が言って、私たちは茂林寺を引き上げて家に帰った。

一人残された私はまだそうするわけにはいかない。茂林寺の名の通り、境内の裏には林が茂っている。茂林寺沼と呼ばれる小さな沼と、それを囲む湿原もある。守鶴が百六十一年もの間、目にした景色だといいのだけれど。

境内の脇から林に入ってクマザサの藪の脇を進むと、湿原へ入る木道につながる。急に視界が開けた足下にはヘビイチゴが黄色い花を添えるが、前方一面ヨシやスゲが覆い尽くし、引き締まった葉擦れの音を風の吹く毎に鳴り渡している。四時を過ぎてもまだ高い五月の太陽に温まった木道の上、日なたぼっこをするニホントカゲを何匹も追い立てながら進む。特に敏感な幼体は素敵に青い尻尾ばかりを私の目に残し、数歩先の木道のわずかな隙間につるんと落ちていった。どうしてこうも違うのか、カナヘビの一匹は横を歩いても気にすることなく丸まっていて、しゃがみこんだ私が指の背で触ることまで許してくれる。立ち上がった時、一羽のカラスが遠くの木道に舞い降りるのを目にした。何やらくわえていた獲物を置き、ついばんでは嘴を差し上げて飲み下している。興味をひかれ、そこへ近づいてはまた遠ざかるあみだくじのような木道をゆっくり進む。ここなら具に観察できると立ち止まろうとした足下で、ヨシが迸るように激しく鳴った。一メートルはある丈を踏み倒しながら逃げていくウシガエルの一瞬の後ろ姿を確認してから慌てて顔を上げると、カラスはもう飛び立っていた。なんだかすまなく、それから残念に思いながら残されたものに近づくと、そこには割れた赤の生卵があった。どこからか盗み、くわえてここまで運んできたのだろう。こしのある白身が嵩を保ってきらめいている。黄身の大半は腹におさめたらしい。

木道は小さな茂林寺川沿いの道に出た。ささやかな土手の対岸に、スゲの類と混生して頭花を天の高くに運ばんと首を伸ばしているノアザミらしき花がある。らしきというのは、花は似ていて棘のないキツネアザミかもしれないからだが、きっとノアザミだろう。いつどこでだったか、太宰の一節だったか、こんな時のノアザミを見かけてあれは何かと訊ねた時、叔母は次から次への質問に野草図鑑でいるのに飽きて引用をした。これは世界の誰にも真似できない叔母の特技であったが、私以外には披露されているのを見たことがない。

「ものの名前というものは、それがふさわしい名前であるなら、よし聞かずとも、ひとりでに判って来るものだ。私は、私の皮膚から聞いた。ぼんやり物象を見つめていると、その物象の言葉が私の肌をくすぐる。たとえば、アザミ」言い終えると叔母は、阿佐美という我らが名字について知りたいかと訊いてきて、返事も待たずに同じ口調で続けた。「十世紀の『和名類聚抄《わみょうるいじゅしょう》』という図鑑か辞書のようなものに、今のアザミという植物の名前としてのっている。花言葉は『独立』『厳格』『触れないで』などなど」

「などなど？」と笑ったそこだけ妙に覚えているが、その質問は無視されて、まるで誂えたような名字だとからかわれたのだ。

その後でキツネアザミのことも教えられた。アザミかと思っていたら別の種でキツネに化かされたようだからとか、猟師から逃げてアザミに化けたキツネが慌てたせいで棘をつけるのを忘れたとかいう説を叔母はおそらく全部言った。花言葉は「嘘は嫌い」。

自分の名に関わることとはいえ、しょっちゅうこんな引用を挟まれていた私からすれば珍しくもなんともないから、他の草から天へ逃げ延びる棘ある草の赤紫が肌をくすぐるのでなければ思い出さない出来事だ。

なんとなく得した気分でアザミを横目に行けば、小さな橋がある。そこに立つ案内板によると、渡った先には東武トレジャーガーデンがあるという。私はそれを見たまま、しばらくそこで、むしろ道に迷ったように突っ立っていた。それは、家族と一緒に車で訪れたあの西洋庭園だったから。

こんな調子で考え事の末に何度も家族の元に立ち戻らされ、私は顔をしかめながら安穏としている具合だ。こういうことはある程度、叔母が私にお灸を据えて楽しもうと仕組まれたものでもあったという気がする。

私が私の憧れのように正しく生きるためには、家族がもたらす心地よさに入り浸るのを禁じなければいけないのだろうか？　今日、私が家族と一緒でなかったら、あの男にどのように対峙していたか。より正しく自分の要求に応える方法もあったのではないかと考えてしまう。しかし、家族がいたら実現できないような自己への要求の、何が正しいというのか。そしてなぜ私は、厚かましくも歴史に名を残した人とばかり自分を重ね、比べたがるのだろう。どうして、本堂の林の奥にヨシの鳴る音を聴いて百六十一年を暮らした守鶴和尚のことを、こうして再び書き起こすまで忘れてしまっているのだろう。

狸守は弟が充電器を入れたポーチにつけていたはずだ。母曰くスマホ中毒だから今日も持ってきているだろうと、足利《あしかが》市駅に停車した時にそんなことを思った。

電車が再び動き出すと、渡良瀬《わたらせ》川の向こう、そう遠くない山の中腹に織姫《おりひめ》神社の鮮やかな赤い社殿が目についた。あそこにも叔母と行ったけれど、ちょうど弟からメッセージが届いたせいで、私は過去を思わなかった。

「もうちょい行くと阿左美って駅があるらしい」

阿佐美家の一員である弟には、アザミとアサミで読み方も違うとはいえ、ちょっと心躍る偶然であったろう。このあたりに何度か近づいたことがある私は東武桐生《きりゅう》線にその駅があることを知っていたから何ということはないけれど、続けて飛び込んできた知らせは琴線に触れた。

「父さん母さん二人で行ったことあるらしい」

私はだいぶ空いてきた車内を二人の席まで歩いて行った。父はまだおば様たちと膝だけ交えて、狸寝入りを続けている。

「洋一郎、席代わってよ」空席になった背後から窓際の弟へ声をかけた。

こちらを振り仰いだ弟の口はぽかんと開いていて、舌の上にかなり小さく平たい飴が見えた。何か小言が出そうになるのをこらえて「面白そうな話だから聞いとこうと思って」と続ける。

「別にいいけど」勢いよく腰を上げた弟の頭は、荷物棚のすれすれで止まった。一歩間違えたら強かに打っていたことにも気付いてなさそうな間抜け顔で、私に向かって手を出す。「券ちょうだい」

「三つ後ろだし、私の荷物置いてあるからすぐわかるよ。飲み物もあげる。口紅ついてるけど」

「だから」と弟は心配顔で言う。「姉ちゃんの券ちょうだいって」

「だからなんでよ」

「車掌さんとか来て何か言われたらこわいじゃんか」

「は？」痴漢の方がこわいと思ったが言いはしない。「あたしのカバンに入ってるから、何かあったら開けて見せな」

「俺の券は母さんが持ってるから」

安心してふらふら席へ向かった弟に呆れる。こういう胆が小さくて甘ったれた奴にはいくら御守を持たせたって持たせすぎということはないのだ。

「大丈夫なの、あいつ」私は弟がいた窓際に座った。「もう二十一でしょ」

「大丈夫よ」

それは私もそう思うから「まあ、そうか」とだけ言った。「ヨッシーのモノマネ、世界一上手いしね」

「どういうことよ」怪訝な顔で笑いつつ私を見る母。

「一番新しいマリオテニスでさ」私たちがゲームに興じるのを長年、キッチンから見てきた母に最低限の説明を心がける。「必殺のスマッシュを打つぞって時に、ヨッシーがおしりふりふりしながら、背中にちっちゃい羽生やして『パタパタパタン』って言うのよ。そんでくるくる飛んで、スマッシュ打つわけ。その『パタパタパタン』が洋一郎、超上手いの」

「へえ」

太田《おおた》駅では何人も降りて車内はますます空いていくが、あわれな父はまだ解放されないようだ。

「阿左美だから行ったの？」と私は訊いた。「何年前？」

「働き始めたくらいだからかなり前よ、三十年近く？」

「付き合い始めてどのくらい？」

「すぐ」とこういうことには恥ずかしげもない。

「付き合ってすぐ彼氏の名字の駅に行く？」

「すぐだから行くんじゃない。馬鹿ね、あんた」母はこういう話に疎い娘を嘆いて顔をしかめた。「それに、ついでよ、ついで。他に色々観光してさ」

「阿左美ってどんなとこなの」

「駅に縄文時代の遺跡があるのよ。岩宿《いわじゅく》遺跡も近いし」

「阿左美の由来は？」

「このへんにある沼が浅い沼でアサマとかアサミとか呼ばれてたとかだったかな。阿左美沼って今もあってさ」

「へえ、行ってみたい」

「そんないいもんじゃないわよ、競艇場の隣だし」

「桐生の競艇場？」

「そうそう」

「にしても」と私は母の顔をうかがった。「こんなこと、よく黙ってたね」

「言ったら、あんたが来ちゃうでしょ」

「ゆき江ちゃんとさ、この辺まで来るじゃん？　でも、阿左美駅から先は行っちゃいけないってよく言われてたから、あたし、藪塚《やぶづか》までしか来たことない」

そう言っている間に、列車は減速してちょうど藪塚駅に到着しようというところだ。私は窓の外から低い山々のふもとに広がる田園風景を眺める。藪塚温泉郷に入ったところ、小山の鼻先に小さな神社の鳥居が見える。そこの東屋でゆき江ちゃんとお昼を食べていたら、野良の三毛猫が寄ってきてしばし遊んだ。満足した彼女が寝てしまうまで、私たちはあそこにいて、そんな話をした。

「あの人、他に何か言ってた？」母も同じ方を見て笑みを浮かべていた。

「岩宿遺跡って相沢忠洋でしょ？　ゆき江ちゃん、この先は相沢忠洋の縄張りだから景子ちゃんにはまだ早いって」

「どういうことよ」と母は笑った。「変なの」

「文句言ったら、いつかねって笑っておしまい。ゆき江ちゃん、そんなんばっかだから」

「ほのめかすのが上手なのよ」

「ほのめかすだけほのめかして放っておくから悪質」

「あんたが嗅ぎ回るに決まってるから面白がってたんでしょ。私はあの人にあんたの教育を丸投げしちゃったから何も言えません」

母がゆっくり振る首のしわに年齢を感じながら、私はなんだか笑い出したい気分だ。というのも、次のような事情で、楽しみを待つ子供のような揺るぎない幸福感に包まれつつあったから。

「だから、そのいつかってのが今日なんでしょ。今回もゆき江ちゃんが一枚嚙んでて、ここに来させないようにしてたんだ」

母は否定をしなかった。日頃の些細な出来事でよくあるように図星をつかれて不機嫌になるわけでもなかった。流れる景色を見る目は慈しみすら感じるもので、私はなんとなく叔母のまなざしを思い出し、いよいよ確信を深める始末だった。

「ただ、小学五年以来のってのがわかんないのよね」

「せいぜい色々考えときなさい。別に大したことじゃないんだから」

こう書いていて、車内で母と話している時には思い出しもしなかった日記のことに気がついた。六年生の夏休みのある日の「読書感想文は相沢忠洋の『赤土への執念』で書くことにした」という記述のことだ。私にはそれで読書感想文を書いた記憶がない。他の年の読書感想文だって、学校代表になったこともあったけれど何一つ覚えていないから無理もない。私には、叔母が「それで書いたから」というだけで十分だったのだろうし、それが未来の私に何をもたらすかなんて考えもしなかった。だから、この先は相沢忠洋の縄張りだからと叔母に言われた時も、そんなことは全然思い出さなかった。叔母は思い出していたに決まっている。

矢も楯もたまらず、私は書庫に入り浸って叔母の蔵書である『赤土への執念』を探し始めた。何度も出てくるこの場所についてはもう少し詳しく書いておくべきかもしれない。

そこは祖父の家の三階の東側にある十五畳ほどの部屋である。元々、私の父と叔母の兄妹それぞれの部屋があったが、私の父が大学に入って一人暮らしを始めて家を出た後、一回目の修繕のついでに二部屋の仕切り壁をぶち抜いて作られたという。引き戸を開けると、目に入るのは背中合わせの本棚の横っ面、反対側の壁から四つ並んでここまで迫って来たもので、その列を一歯としたものが、部屋全体に櫛形に七列並んでいる。といってもその歯はぼろぼろで、本棚が統一されず奥行きも高さも不揃いなものだから、棚の間は人が一人やっと通れるほどしかないところもざらにある。多少のかび臭さは否めないが、換気もされて環境はそれほど悪くない。

一つ一つの本棚は概ね本で埋まっているといってよいが、その埋まり方は縦横斜めの総崩れといったひどいもので、毟られたカバーがあちこちに散乱し、破れた帯が本の隙間から垂れている。奥行きのあるものには二列で並んでいて、一覧性が著しく阻害されている。

そんな管理者に並べ方の脈絡など望むべくもない。全集ですら散在し、ある棚の一番下では『ゴーゴリ全集2』が横に置かれた上に、下から順に『サボテンと捕虫網』『精神のエネルギー』『開かれ―人間と動物』『人物アメリカ史（下）』『驚きの皮膚』『村のエトランジェ』『血の収穫』と積み上がっている。『エデンの東』の四巻組の文庫版が固まっているかと思えば三巻だけがなく、代わりに橋本治の『恋愛論』が押し込まれ、書店のカバーがされたいくつかの本がその上に、棚の上辺までぎゅうぎゅうに詰まって抜き出すのも一苦労だ。そこに限らないが、背表紙をこちらに向けていないものもあるし、向けていても掠れて読めない古書もある。積み上げたのが崩れて山になっている棚もあるし、背板に貼りつくように隠れているものさえあった。もちろん、あらゆる棚の上にも本が積み上がっている。特に、隣よりも一段低くなって腰の高さまでしかないような本棚の上は背の高くない叔母にとっては格好の置き場で、本でできたいくつかの塔が、どれも同じく私の目線の少し上の高さまで伸びている。つまり、そこが叔母の手の届く限界なのだ。

「私が死んだらここは景子ちゃんのものね」その縁に指をかけて叔母は言った。

その時がこんなに早く来るとも知らないで「じゃあ、私が死んだら？」と聞き返したことを思い出しながら、同じところに指をかけてみる。私たちが本を読んで考えたことは、どこにいくのだろう。

叔母の死後、この書庫は半ば公然と私のものとなった様子だが、新たな管理者はこの雑然とした有様を保つべく奔走してきた。棚の一段一段を何枚かの写真に収めてセロテープで上辺に貼りつけ、本を取って読んだ後は、同じ位置に同じように差し込んだ。叔母が埃アレルギーの私のためにそれだけは几帳面にやっていた掃除も、うっかり本を整頓してしまわぬよう慎重に引き継いだ。地震やふとした時に崩れてしまった時は、写真を元に再現した。こんな面倒な作業が大した成果を生むとも考えられないが、私はもうしばらくこの書庫を叔母との共用にしておくつもりなのである。というのも、そこに並べ方の妙といった叔母の根回しがあるかないかに拘わらず、この保存作業に腰をかがめ手を動かすことが、単純に私の喜びだったからだ。私は不遜ながら芸術作品を修復する人々の手つきを思い浮かべている。彼らによって作者はこの世に留まる。修復されて作品が残るからではなく、修復する手が、その作がなければそのように動くことはなかったということが、作者をこの世の仲間に留めおく。

こんな汗牛充棟の中に、私は『赤土への執念』を捜さなくてはならない。これまで目にしたこともなく、あるかどうかもわからないが、私に薦めるぐらいの本を処分するはずもなさそうだ。というわけで、その発掘は、あの日のことを書きながら今も継続中である。

相老駅に到着するなり、一番先に出た父が屈伸を始めた。その姿を、乗降口のドアの縁取りと弟の背負うボックス型のリュックサックの狭間に見ながら一歩出ると、澄んだ空気が肺を満たした。

「隣の奴の旦那が、カルロス・ゴーンと会食したことがあるんだと」と父はみんなを見上げて報告した。

「あのすごい帽子の人？」

「そう、香水くさくてな。そんで、ゴーンの指示でお付きの奴らがみんな頭下げて、かなりのワンマンだったとよ」

「本当なの、それ」母が呆れ顔で答える。

「知らん。うさんくさかったからな」

「でも、意外と楽しんだんならよかったね」と父の横顔に言う。「電車で行くことに意味があったじゃん」

「勘弁してくれ」父はすぐそばの跨線橋を振り返って、そこに一瞬目を奪われると、母に向かって言った。「懐かしいな」

「ほとんど変わってないんじゃない？」

「塗り直されてる」

私たちのほかは五人が降りただけの閑散とした相老駅には一面の島式ホームと二面

の相対式ホームがあり、路線橋でつながっている。父と母はその緑色をしばらく黙って眺めていた。

私は、そして弟も多分、ここにいた二十うん年前の両親を想像しようと息を潜めていた。私たちのいない二人は——という言い方は今の私の勝手だけれど——どんな風にどんなことを話したのだろう。わからなくとも、二人の様子を見るにつけ、私たちにとってもここが何の変哲もない田舎駅でないことは知れた。相老駅は二十数年間、私が知る由もないまま両親の記憶を留め、私がそこを訪れる訪れないに関係なく、私たちの世界全体を、それ抜きではありえなかったという、アーチのレンガの一つのような奇妙な仕方で支え続けていた。

「で、これからどうするの？」と私は伸びをしながら両親に訊いた。

「わたらせ渓谷鐵道《てつどう》に乗り換える」

真ん中のホームを指さす父がいつになくよく喋るのは、蘇った記憶に張り切るようでもあったし、車内の鬱憤を晴らすようでもあった。

澄み切った青空の下、跨線橋を、子供達も二十歳を過ぎた盛装の四人家族が並んで歩くのはなかなか珍しい光景だったろう。真ん中のホームに下りていく家族から一人遅れて、私は手すりにもたれて、低い山が連なる方へ伸びていく線路を見通した。母は階段の中ほどから、スマートフォンで勝手に私の写真を撮った。

「やっぱあんた、くやしいけど絵になるわね」

「なんでくやしいの」なおも向けられるレンズに視線をやる。

「それを自分の幸せに使うのが下手だから」

この類の台詞は母が最もよく発するもので、私は何百回と聞かされてきた。

「よくストッキングなしでそんなドレス着られるわよ」

「まだ言ってる」と私は笑った。「すいませんね」

「褒めてんのよ」また撮影音。「試着し終わって着替えてる時に店員さんがさ、それをまともに着られたのはあんたが初めてだって言ってた」

「セールストークを真に受けちゃって」

「七割引きになってたんだから本当でしょ」

母はレースハンカチで画面を執拗に拭いている。そこにまだ私が写っているのかは西に傾き始めた陽光の反射でわからなかったけれど、きっとそうだと思う娘の傲慢は、こんなのどかなところではどうしようもない。

「お母さん、今日冴えてるんじゃない？」

「娘がおめかしして嬉しいのよ」

「言っとくけど、口紅もう塗り直さないから」

乗り換えまでには十五分ほど時間があった。隣の待合室に寄付された座布団は、一つの席に二つ、誰かが尻に敷き背にもたれた形でそのまま残されていた。途中で向かいのホームにやって来た部活帰りの高校生は大きなエナメルバッグを地べたに放り投げてベンチに座り、スマートフォンのゲームに夢中になった。「あれ見て」とそれを肴にした会話が始まりかけるすんでのところで、赤銅色の一両編成の車両が橋をくぐってゆっくりと入ってくる。乗客はまばら。私たちだけがそれに乗り込み、ボックスシートに四人おさまって揺られていく。拭いても拭いても少し曇った窓脇のカーテンの裾には茶色い染みがついている。それを爪の外側でやわに引っかいて清潔なのを確かめながら訊いた。

「これで、どこまで行くの？」

誰も何も答えないから振り返ると父は目を逸らした。私はそれよりも車内の暗さに心を奪われていた。いったい、私がこういう席に座って父や母越しの車窓を見たことのたじろぎがあったろうか？　二十年来の業によって自然と窓際に座っていることへので、ちょうど滑稽な間が空いた。

「それぐらいよくない？」

力の抜けた笑いが弟から漏れたところで「大間々《おおまま》、大間々」と母が教えた。

路線図を見るとたったの二駅先だ。「ママ」という語が崖線を意味する言葉と知っている私は虫麻呂が歌った「真間《まま》の手児奈《てごな》」を思い出す。あの地名も市川の台地に由来するもので、今でもその辺りは真間《まま》の町名を持ち、最寄り駅も市川真間《まま》駅だった。大間々という地名も渡良瀬川の河岸段丘による崖地に由来しているのだろう。叔母がいればこんなこともすぐ確かめられたと思う。私はわからないことがあるたびに叔母を思い出すつもりなのだろうか？

「せっかくだしもっと奥の、足尾《あしお》の方まで行くのかと思った。今後の人生の教訓に、足尾銅山でも見させられてさ」

「そんな縁もゆかりもないとこ行ったってしょうがないでしょ」

「大間々に縁やゆかりが？」

「大ありよ」

「どんな縁よ」

やっぱり誰も何にも言わないまま、単線、町を行くわたらせ渓谷鐵道。その渓谷に入る手前に大間々駅はあった。観光用のトロッコ列車も多くはここから出るようで、休日は沢山の人でにぎわうのだろうが、平日の夕方五時で人はほとんどいない。浮いた格好の私たちは、数人の客が出て行くのを待って改札を通った。

相老から乗り換えた全員分の運賃を父が払っている間に、山颪対策か風除けのある駅舎をさっさと出てしまうと、そこはロータリーと駐車場を兼ねたような大きな広場だ。ゆるんだ西日が正面から差していて、前を横切る道路が遥か遠くに感じた。

出てきた父が何も言わずにそちらに向かってふらふら歩いて行って、先導するつもりなのかもしれない。二人はどうしたかと駅舎をのぞいたら、小さな待合のベンチにボックスリュックを下ろした弟が必死でジッパーを締め直し、母が隣で見守っているところだ。私は半身だけ覗かせて話しかけた。

「何してんの?」

母が驚いた様子で振り返った。同時に「いいから」と急かすような声。「あんたはお父さんについてってときな」

「その言い方」そばに貼ってあった朝市のお知らせのポスターを撫でながら私は言った。「なんかあやしい」

「これだからいやよね」と母は弟に同意を求めるが、少し慌てた風にも見えた。

「こっちが大人しくしてるばっかりじゃ、やり甲斐ないかなって思って」と言って弟を指さす。「洋一郎、それ、開けてみなさいよ」

弟が神妙な顔で私を見る。一秒二秒、こっちが追及を後悔しかけたところで、弟は急に力を込めて窮屈なジッパーを下げた。せり上がるように頭を出したのは、私が特急で買ってもらったりんごジュースのペットボトルだった。引っこ抜かれて甘ったるい水音を立てるそれを、弟はとっておきのにやにや笑いと一緒に見せた。

「これ、しまってただけ」

ばつの悪さに首を振っても私の心は穏やかだ。壁に掛けられた四季折々の写真の空色や桜色が目端できらめく。

「乗り換えからずっと俺が持ってた」

あげたのよと言うのをこらえて「それは悪うござんした」と謝る。

「あんた、自分で持っときなさい」

母は呆れるような目を私に向けて、弟がペットボトルを私に放った。全然飲んでいないのは飲み口の口紅に怖じ気づいたせいだろう。野生動物みたいな奴だ。飲み干しながら退散し、外の自販機のゴミ箱に入れた。父はもう広場を突っ切って道沿いに出ている。駅舎のすぐ右手、駐車場の一部は保存車両のために使われていて、その奥の駅構内には車両基地があるらしい。側線にトロッコ列車や客車が並んでいるのが見えた。

「お父さんについて行けってさ」

後ろから声をかけた私に横顔で頷いて、父は歩き出した。路面標示の白がくっきりとした新しげな道路の車通りはそれほど少なくない。すぐに高津戸峡《たかつどきょう》はねたき橋への近道という案内のある一本ずれた線路沿いの道に入った。

「こんな靴で渓谷なんか歩けないよ」私は父の隣で、パンプスの六センチヒールを不満げに鳴らした。

「そこまで行かないから大丈夫だ」

ちらほらと早咲く紫色のヤグルマギクが草丈を伸ばして覆い尽くさんばかりのガードレールを挟んで、留置された車両を右手に小道を行く。その先には踏切があり、さらに奥、木立から飛び出る三角山形の白い構造物が見えた。

「はねたき橋?」私は指差して言った。「あそこまで行く?」

「行かん」

「は?」

いよいよ訳がわからず振り返ると、母と弟はちょうど小道に入ったところだ。こちらから見た方がヤグルマギクの花が目につく。それでも蕾の方が多いから、見頃はまだまだ先だろう。

その時、それらの根元にたった一つある、種の異なる蕾に私の目は吸い寄せられた。総苞の器に紅紫をなみなみと湛えたような蕾。アザミ。私は思わずしゃがみ込む。季節には早い気がして葉を見ると棘がない。キツネアザミだ。

「どうした」と後ろの父がのぞきこむ。「アザミか」

「わかるの?」訂正はしないでからかうように言った。

「小学校の時に宿題で調べた」

立ち上がった父の体で私とキツネアザミは日陰になった。見上げると、父はまっすぐその蕾を見下ろしている。

「何の宿題？　理科？」

「自分の名字について」と課題名を言ってから父は続けた。「十世紀の『和名類聚抄』っていう図鑑か辞書みたいなもんに、このアザミの名前として載ってんだ。うちと同じ阿佐美って漢字が」

心臓が大きく血を押し出した。「それ」喘ぐように言いかけたゆき江ちゃんがという言葉をのみ込んだ。代わりに「花言葉は？」と訊いた。

「独立、厳格、触れないで」

「などなど？」

「などなど」

平気な顔で鸚鵡返しするところを見ると、当人は忘れてしまっているのだろう。普通、こんなことを一言一句覚えているはずがないのだ。しかし、小さな蕾を前にした私は、四十年も前の父の担任がそうあるように願った通り、自分の名字にも、おまけに名前にも、かなりの誇りを持ち始めているようだ。怒濤のように押し寄せる感情を紛らすために立ち上がる。そういえば、後で調べたらあの太宰の文はこう続いていた。

「わるい名前は、なんの反応もない。いくど聞いても、どうしても呑みこめなかった名前もある。たとえば、ヒト」

そんなこと言ったって、ヤグルマギクの直ぐなる茎葉と落ち着いた青紫を横目に、とびきり小綺麗に仕立てた五十の母と、百八十の細身でスーツもよく似合って顔も悪くない弟が気の置けない談笑をしながら線路脇の小径を歩いてくるのはなかなか感動的な光景だ。その片隅に、キツネが棘を忘れて化けている。ヤグルマギクの反対側はコンクリート塀がところどころ大胆に崩れて空き地が覗く。その片隅では菜の花が風に揺れ、ヒトの親子を警戒した背色の薄いハクセキレイの雌が灰砂利の上を歩いて遠ざかる。しばし彼女に気を取られた私を我に返らせたのは恐竜の声であった。

「パタパタパタン」

声帯が素敵にりぼん結びされているに違いないヨッシーは、弟が世界で一番上手なモノマネである。だのに母の反応はどうも芳しくない。弟もいやいや披露したらしい。目を細めた上で不当な評価に不満を覚えるという複雑な表情を固めている私に気付いた母が手を払うように振り、前を見てまっすぐ歩けと伝えた。

「なんか」気分が盛り上がって、振り向きしなに父へ声をかけた私の目に入った背広の後ろ姿が続けざまに胸を打つ。この場の全てが私を涙ぐませようとしているように思える。眉間にたまった涙感を息へ逃がしたら声が震えた。「卒業って感じになってきた」

「なんでだ」と父は鼻で笑った。「お前、何も知らんだろう」

「予兆でいっぱいなんだもの」私は遥かに延びていく線路を父越しに見つめる。「これが続いたら目も耳もつぶれちゃいそうだね」

父は黙って踏切の車通りを確かめている。白い軽自動車が一時停止のあと過ぎていった。道路を渡った踏切沿いにまた細道が見える。

「もしかして、ゆき江ちゃんが待ってるんじゃない？」

よせばいいのにそんなこと言って、滲んだ涙を暮れの空に吸わせる。冗談や強がりに含まれた空想が図らずも胸を打つ時、この身を刺すのは、そのありえなさなのか、本当らしさなのか。

「どうだかな」

踏切のついでに道路も渡ってしまう父に慌ててついて行く。すぐに車が来て、後ろでは母がさぞかしご立腹だろうから振り向かない。

すでに感極まりかけている私のことを書いている今この私がどうかといえば、輪をかけて涙ぐんで仕方ない。というのも、大学の卒業式の日の日記がようやくここまで書かれたところで、例の書庫から、相沢忠洋の『赤土への執念』が発見されたからである。一番左の列の、奥から二番目の本棚の一番下の段に、背表紙をこちらに向けて逃げも隠れもせずあった。

おそらくそれは叔母の蔵書で、これを私も読んだのだろう。古びてはいるが状態はよかった。そして驚くべきことには、やや黄ばんだ原稿用紙が三枚挟まっていた。

一家団らんはどこまでさかのぼれるか。

それが、日本に旧石器時代があったことを岩宿遺跡の発見によって証明した相沢忠洋さんの考えていたことでした。

相沢さんは八歳から十一歳まで鎌倉に暮らしました。歌舞伎の囃子方の父と母に三人の妹、末の弟と、にぎやかで楽しく幸せな暮らしだったといいます。でも、すぐ下の妹が風邪がもとで死んでしまったことで、その幸福な暮らしは崩れていきました。

その頃、相沢さんは自宅裏の工事現場から出る土器片を集めていました。ある日、工事現場に来た見慣れぬ人達の一人のおじさんがそれに関心を示し、こんな風に教えてくれたそうです。

「これはね、きみ。大昔、まだ電気も何もなかった時代の人たちが使ったものだよ。その人たちは夜になると、いろりを囲んで、やっぱり〝一家団らん〟の幸せにひたっていたんだね」

当時、一家団らんから遠ざかりつつあった九歳の相沢少年の心に、大昔の家族が仲良く暮らしていたという話が「じいんとしみこんだ」といいます。

間もなく両親が離婚、二人の妹や弟とも生き別れます。小僧として寺に入ったり親戚の家で暮らしたりした後、浅草の履物屋に丁稚奉公に出され、戦争が本格化して父と桐生で暮らし始めるも、すぐに海軍へ志願、駆逐艦から広島の閃光ときのこ雲を見ました。終戦時は十九歳、桐生で行商をしながら、粗末な家で考古学に打ち込みます。そして、当時、そこから遺物は出ないというのが常識とされて見向きもされなかった関東ローム層の赤土の崖に何年も通い詰め、黒曜石の尖頭器を発見しました。その場所は、後に岩宿遺跡と名づけられます。

相沢さんは今でも、お風呂上がりなんかに、体が冷えるまでその綺麗な尖頭器を見つめることがよくあるそうです。

「それを何とか努力して手に入れた時、その人たちはどんなにうれしかったでしょうか。わたしはその時の祖先の素朴な感動、素朴な喜び、そして、これを大切に使おうといった決心のほどが想像されて、恍惚とします」

相沢忠洋の発見によって日本に旧石器時代があったことが証明されたということが教科書には書かれていますが、相沢さんは、そういう喜びが、一家団らんが一万年以前の日本にあったことを実感するということを第一にしてきた人でした。こうした姿勢は「考古学にあまりに心情を交えすぎる」と批判されることがあるそうです。でも、そういう人でなければ見つけられないものがあります。

私は、相沢さんのような人がいることがうれしくてたまりません。生活の中の「これは大切に使おう」なんてとてもささやかな、でも確かな喜びを、自分が死んで土に埋もれてすっかり骨も溶けてしまった二万年か三万年後に、その物だけを手にとってちゃんとわかってくれる、そのために人生を捧げるたった一人の人間が現れる。それは、それだけで何も心配いらないくらいの希望です。

この手書き原稿は一行目から文章が始まっていて、題名や名前などは書いていない。下書きなのか提出して返ってきたものなのかもわからないし、どんな顚末でここに挟み込まれたのかもわからない。私は叔母の教えを拡大解釈し、日記に限らず書いたものは全て読まれないようにしていたはずなのに。そう書くことで、私はこれを叔母が書いたという可能性を残したいのだが、日記の字と照らし合わせるとかなり似ているような気がするし、自分の感想を最低限にして相沢忠洋の紹介に多くの文章を割いているのは、感想文の代表に選ばれない予防策として私がいかにもやりそうな手だ。

それはともかく、私は『赤土への執念』と、それと一緒に見つかった『「岩宿」の発見』を読んで感動し、この日記を何日も中断してしまったところだ。

行商をしながら続けている研究に自信が持てなかった相沢忠洋は、手紙で考古学研究所に教えを請うたことがきっかけで、都内の学者とのつながりを持つことになる。彼はその経済事情から、桐生と東京の百二十キロの道のりを何度も自転車で往復したという。朝の三時に出て都内に着くのは昼頃、石器について相談をし、行商の買い出しをし、研究用の本を買い求め、その日のうちに桐生に戻ってくるのだから半端ではない。

赤土の崖から石器が出たことを打ち明けると、明治大学の研究室によって正式な岩宿の学術調査が行われ、やはり打製石器が見つかる。この発見は直ちに発表されたが、大学編纂の発掘報告書では、相沢忠洋の名前は調査の斡旋者として紹介されるにとどまった。在野で学歴のない研究者に対する偏見もあり、劇的に何かが変わるわけではなく、彼は今にも崩れそうな農家で妻に内職をさせながら研究を続ける。その後、各地で旧石器時代の遺物が出始めたことで、岩宿遺跡はその最初の発見として認められた。日本考古学界の学閥の権力闘争に利用されたきらいもあるが、相沢忠洋の功績は世間に広く知れ渡り、群馬県功労賞を受賞したのは岩宿遺跡の発見から十二年、吉川英治文化賞は十八年経ってからのことだ。

しかし、そもそもそんなものが、両親が離婚する前の鎌倉での楽しい日々を追い求め、一家団らんがどこまでさかのぼれるかという思いで考古学に打ち込んできた彼の心を満たすはずもなかった。吉川英治文化賞の授賞式のあと、一人、隅田川の橋上に立ち、花束から一輪をぬきとって川のよどみへ投げこみ、未だ消息のわからない末の妹の健在を願ったという。

相沢忠洋は、自分は「孤独」で「人間嫌悪を長く心の奥底に秘めて今日まできた」と書いている。もちろん何とだって書けるが、孤独でなければ見えないものを見て、孤独でなければできない仕事に生涯取り組んだことは疑いようもない。

大間々駅は、相沢忠洋が岩宿の発見後、赤城山麓のさらなる発掘調査と研究を行うためにつくった施設の最寄り駅だ。そんな「相沢忠洋の縄張り」での家族との記憶と、否応なく思い出される叔母のことを書いている私の頭に、アザミの花言葉が、そして「一家団らん」が巡ってしょうがない。

「父のことですか……。べつに尊敬はしてないです。だって学問に熱中して家庭をかえりみなかったから、そんな人を女性は普通、尊敬しないでしょう。父は『家庭の団欒が――』とか書いてるけど、自分の家庭をかえりみなかったのに、何だこれって思ってしまいます」

死別した一人目の妻との間にできた相沢忠洋の長女の言葉。一家団らんを追い求めた相沢忠洋は、その時を家族に与えることも、自ら享受することもなかった。著書にも妻や子供のことはほとんど書いていない。

相沢忠洋にとって「一家団らん」とは何だったのか。小さい頃に実感して消え失せたそれを太古の昔に追い求めることは、彼にとって、自分がその只中にあることよりも切実だった。「一家団らん」と書く時、美しい尖頭器を眺める時、「孤独」な相沢忠洋は何を思っていたのだろう。

叔母が私に考えさせたかったのは、ここで、この時、このことだという気がする。それとも、私はやはり「心情を交えすぎ」ていて、叔母を特別扱いしている「お話バカ」なのだろうか？　でも、私にとってこのお話は、体よく考えられてまとめられた過去ではありえない。私がそれを聞き漏らしたり思い出さなかったり、こうして相沢忠洋について調べなかったりしたら、一つ一つ埋もれたままになっていたかもしれない過去なのだ。私はもはや日記とは言い難いこの書く営みによって、叔母がこの世に埋めていった何もかもを「一家団らん」や「孤独」と一緒に掘り出さなければならない。けちな事実確認のためではなく、改めて埋葬するためでもなく、ただ何度となく、風呂上がりにでも見つめて恍惚とするために。すなわち私だけのために。

それでもふいに弱気になって、閑居山の穴で叔母が闇に見ていたものがすてきな姪っ子であったならと都合よく祈ったこともある——私は今、筆をすべらせたかも知れない。叔母に日記帳を渡された時の「私に読まれないようにね」というアドバイスが脳裏に浮かび、こんなことは書くべきではないという思いに苛まれる。

しかし、読まれる心配はもう二度とないのだし、私はそれを悲しみつつも、へまを犯す恐れなしにぬけぬけと書いてきたのだ。ということは、今になって筆がすべったと自覚するなら、その記述は私にとって重大な意味を持つ。自分を書くことで自分に書かれる、自分が誰かもわからない者だけが、筆のすべりに露出した何かに目をとめ、自分を突き動かしている切実なものに気付くのだ。そこで私は間髪容れず、「あんた、誰?」と問いかけなければならない。この世に存在しないまま、卒業式終わりの家族旅行にかこつけて、こんなことを考えさせようと導いているのは誰なのか。

私はいつだって、叔母がその目に浮かべるようなすてきな姪っ子でありたいと願ってきたのではなかったか。そして、定まらないその姿をどうにかこの目に映したくて、せっせと書いてきたのではなかったか。そういう意味では、あの日の姪っ子も、今この姪っ子も、まだまだ任務を果たしたとは言えない。二人は思いをともにして、小走りで父の後を追いかける。

左手の線路は単線で、しばらくは難なくまたげそうな柵だけで隔てられていたが、ゆるい下り坂で線路の高さだけ変わらず、そのうち線路が目線まで上がってきて柵は石垣に代わった。線路脇、ここにもヤグルマギクがちらほら咲いている。

右手は大きな駐車場と公衆トイレに広場で、誰もいない。きょろきょろしながら歩みの遅い私を、父が広場の向こう隅で立ち止まって待つ。その奥に、結界と赤い幟旗で囲まれた小さな敷地があるのが目についた。鳥居はないから境外仏堂だろうか。旗の一つ一つには「はね瀧道了尊《たきどうりようそん》」とある。

「もしかして、そこ？」

父は何も言わずに私の後ろを見やる。母と弟はいつの間にかすぐそばに来ていて、戸惑う私を横目に入っていった。

「ちょっと何」と私は叫ぶように言ってついて行った。「説明してよ」

仏堂や赤の大下駄が目についた。茜の差してきた夕刻の空と、渓谷の木々に日が遮られることもあって、仏堂の中にある銅像はどうもよく見えない。母は皆に手水をするよう促したが、黒御影の石碑に白字で彫られた縁起を読み始めた私はそれどころではなかった。

『どうりゅうさん』の呼び名で親しまれております『はね瀧道了尊』は、諸願成就、子育ての仏様として江戸時代から現在に至るまで、時代を越えてたくさんの信仰を集めてまいりました。

その時、背後で砂利が派手に飛沫を鳴らした。弟がつまずいたのだった。振り向くのと一緒に風が吹いて、髪が口に入りかける。それで私は何も言えず、「何やってんのよ」という母の声もひどく遠い。また向き直って読み始める。

はね瀧道了尊のこのお姿は、烏天狗のお顔をしており、子どもの心に宿ろうとする悪鬼を睨みつけ、さらに悪鬼を懲らしめる為に右手にねじり木を、左手に綱を持ち、煩悩を焼き尽くす火焔を背負い、疾風より早く駆ける白狐に乗っていらっしゃいます。往昔、心のねじれた子どもを立ち直らせる為に道了尊に詣で、ねじり木一本を持ち帰り、『拗ねた心の子どもはすなほなれかし』と朝夕お唱えし、大願成就のあかつきには、ねじり木を二本にしてお礼参りをしたということが古い記録にあります。近時、不登校や引きこもりなどの心の悩み、万引きや麻薬などの非行が、大きな社会問題となっていることは周知の通りです。未来を担う子どもらがすなおに育って欲しいという親の願い、人々の様々な願いを叶えてくださる道了様をここに改めてお祀りいたしました。

感情も訳もわからずほころびかける顔が誰にも聞こえない声を漏らす。

振り返ると父も後ろで読んでいた。母は手水を使っている。弟は手口を清めたか母親のハンカチを借りて手を拭きながら奥の東屋に歩いて行く。

目を凝らすと、仏堂に大きなねじり木が立てかけられているのが見えた。その横の棚には奉納されたねじり木が十数本も並んでいる。頭が上手く働かず、また一番遠い弟を見ると、もう腰をおろして大きなリュックをさぐっている。そこから頭を出したのは、我が家の箪笥の上に長年あった、我が家ではねじ木と呼んでいたものであった。弟の腰やら尻を何度ぶっ叩いたか知らないそれを、他ならぬ弟が取り出すのを私は見ていた。盛んに目を瞬かせて。

「嘘でしょ?」掠れた大声で母に言う。「もともと、こっから持って来たってこと?」

「あんたが五年生の時」母はハンカチが無いから手を大きく振って誇らしげに言った。「ほんとは一緒にお参りしなきゃいけないみたいなんだけど、行こうとしてた日に、あんたが熱出したのよ。そしたらゆき江ちゃんがお父さんと二人で行ってきたらって、あんたの面倒見てくれて」

「俺は?」と弟が母を見上げた。

「倉田くん家《ち》とアスレチック」

懐かしそうに何度かうなずく弟。また振り返ると、父はいつの間にか巨大な下駄を触っている。つまりそれがどうりゅうさんの下駄なのだろう。

「私が非行娘になるかもって思ったの? 不登校に万引き、麻薬?」

「ひねくれてたのは間違いないでしょ。それで心配して来ようとしたら熱出すし」

「別にまた今度にすればよかったのに」

「最初はそうしようと思ったのよ。でも、あの人に色々説明したら、せっかくだから秘密にしておこうって」

ゆき江ちゃんらしい。何年も先のことを来月の約束のように交わしてしまう。

「それで、今日まで？」

「そう」

「洋一郎の分はもらってないの？」

「洋一郎は平気だもの」

この会話は弟には聞こえていなかった。母に急かされて手水甕の前に立つと、水が自動でちょろちょろと流れ始めた。すごいねと指さしたら、母は娘のごまかしを見透かして首を振る。油断するとじわじわせり上がってくる涙を隠すため、なんなら思いきり顔でも洗ってやりたい気分だったが、さすがに改まった気持ちで手口を清め、東屋で手間取っている弟の元へ集合する。

「口紅ほとんど落ちちゃった」

「もういいわよ、そんなの」

「にしても」と私は弟に言う。「まさかねじ木が入ってたとはね」

「さっき、駅で見つかるかと思ってめっちゃあせった」弟は笑って私を見上げた。

「先っちょ出てたもん」

「あんた、このこといつ知ったのよ」

「昨日」

「最後にそれでひっぱたいてあげようか？」

「なんでだよ」と弟はリュックの中に手を突っ込みながら笑った。

「荷物、一回全部出しちゃったら？」母がもたもたしている弟をたしなめる。「荷物の中身をさ」

「そっか」とつぶやき、弟は素直に着替えの入ったナイロンポーチをベンチにぽんぽん積み上げていく。充電器のケースについた狸守がちりんと鈴を鳴らした。「そんなに奥に入れなかったんだけど、一本目より短いから底に入ったかも」

「ああ」涙腺につながる胸の内をぎゅっと握ったまま得心した。「二本目ね」

弟が栓を抜くように取り出したのは、それほど長くはないが、細くきれいにねじれた黒紫色の枝。どういうわけか、その何年がかりで自然が作った螺旋が、私の喉元をゆっくり絞った。その圧力で急に沸騰するように胸が騒ぐ。

私は大きく息を吸った。肺に空気を満たした後で母に「これって」と訊ねた。「どこで取ってきた？」

「ゆき江ちゃんがなんとかって山で」

「なんでゆき江ちゃんが？」

「こっそり頼んどいたからよ。あんた達、二人でいろんなとこにハイキングに行ってたでしょ。だから、もしねじれた木の枝があったら、上手いこと言って取って来てくださいって。それで、どっかの山で見つけてくれたのよ」

閑居山だ。その湿った空気を私はありありと思い出した。横穴に入ったゆき江ちゃんを一人で待っている間に、私がこのねじ木を見つけたのだ。確かにそれはこんな色で、こんな形で、でもそれは、あそこに置いてきたと思ったのに。

「これ持ってきた時、なんか言ってた？」自分で興奮しているのがわかった。「ていうか、いつ頃？」

だから、母の顔がさっと曇って私は困惑した。

「病気がわかったすぐ後」母は静かに言ったあと、聞き覚えある慰めるような声色になった。「上手くいったって笑ってたよ」

私は見開いた目のまま頷いたか、喉か鼻でも鳴らしたか。

「あんた、これ一緒に見つけたんじゃないの？」

弟が私の前に突き出すように持っているのを何となく手に取ったら、その重みが、駅からここまでこぼさずにきた涙を追いやった。あるものは頬を伝い、あるものは鼻孔の中を垂れてくすぐる。

「私が見つけて」声は震えきっていたから、もう次の一語しか言えないと悟った。

「ゆき江ちゃんが――」

溢れる涙を止めることができず、しばらくそこで立って泣いた。珍しく完璧にした化粧が滲み流れ、足下の細かい砂利が点々と染まっていく。

末期ガンだった。余命数ヵ月とわかった冬のある日、叔母は誰にも告げることなく一人、私のために閑居山へ行ったのだ。順番は定かではないけれど、あの日、二人で置いていったねじ木を拾って、隣の山まで尾根を歩き、地元の野球部の中高生か誰かが彫ったボールとバットを見つけ、また閑居山に戻って地図に書き込み横穴に残した。あの地図はその半年ほど前に二人で初めて訪れた時、私が風で飛ばしたものだったけれど、叔母はあの時、私が振り向くよりも早くそれを捕まえていたのだ。それを全部何にも言わず、この世へ置き去りにして早死にした。

その病と生死にまつわる確率をあれこれ調べることは叔母が生きると信じてやまない私に何の影響も与えなかったのだから、私が閑居山を再訪したりメモを見つけたりすることの確率の低さだって問題にしてたまるものか。信じるということは、確率や意見、事実すらを向こうに回した本当らしさをこの目に映し続けることである。

方向音痴と病を押して、叔母が一人で準備をする時、私が嗅ぎ回ることを信じていたということが、そしてそれに応えられたということが、私の身を刺す。あの真っ暗闇の穴の中で「すてきな姪っ子」の姿は思い浮かべられていた。私はちゃんとゆき江ちゃんの希望だった。それだけで何も心配いらないくらいの希望だった。そう思ってもいいのだと考えたら、また涙が溢れてきた。

ハンカチが役目を終え、思わずドレスの袖で涙を拭いてしまっても、母はもう咎めたりしなかった。弟は泣き続ける姉の前にずっと、賢く優しい犬のように座っていた。父は気まずそうに少し離れて辺りを眺め、やがて興味の湧いた方へちょっと歩み寄るのか、ゆっくり砂利を踏みしめる音が聞こえたりした。

ようやく落ち着いた時、木々の上の空はもうそれはそれはきれいな茜色に染まっていた。

ねじ木を二つ捧げ持ち、はね瀧道了尊の銅像の前へ向かう。白狐に乗った烏天狗が、左手に綱、右手に棍棒みたいなねじり木を持って鋭い目で私を見下ろす。どうりゆうさん――私の知らないこの地で、ずっとこの目が睨みをきかせていたのだった。背負った火焔の濃淡の如き斑な緑青も、この十数年の間についたものだろう。ねじ木を台座に置き、傍らの鐘を鳴らした。すぐそばの渓谷まで降りていきそうな高い響きが消えぬ間に手を合わせる。父と母に弟も後ろで手を合わせていることがわかる。

「ありがとうございました」誰にともなく言って振り向き、家族の方に頭を下げた。

「もう知らないわよね」母がいやに大きな声で、おそらく父に言った。

私は頭を上げて、真っ赤な目を家族の前に晒した。私が延々泣きすぎたせいで、家族はもう平気な顔だ。それがなんだかうれしかった。何にも言えずに口をとがらせ身を翻し、ねじ木二本をつかみ取る。棚に勝手に置く形で返納奉納した。

はね瀧道了尊を後にした私たちは、相老駅まで電車で戻って綺麗な庭のあるホテルに泊まった。夜中、母と二人で行った小さな浴場は貸切で、どんな顔をしていいものやら緊張していたが、太ももに書かれた父の電話番号のことを私はすっかり忘れていたし、目ざとい母が見逃すはずもない。全てを白状した私はこっぴどく叱られた。インクはなかなか落ちないで、ぼんやり青く、痣のように残っている気がする。

参考・引用文献

・「分福茶釜と茂林寺」http://www7.plala.or.jp/morin/chagama.html
・相沢忠洋『赤土への執念―岩宿遺跡から夏井戸遺跡へ―』佼成出版社、一九八〇年
・相沢忠洋『「岩宿」の発見　幻の旧石器を求めて』講談社文庫、一九七三年
・上原善広『石の虚塔　発見と捏造、考古学に憑かれた男たち』新潮社、二〇一四年
・太宰治『太宰治全集1』ちくま文庫、一九八八年
・『現代日本文学アルバム　第1巻　森鷗外』学習研究社、一九七四年
・「道了尊縁起」

解説

町田　康

「生き方の問題」「最高の任務」という、読者になにかを問うてくるような、題に問いを孕《はら》んでいるような二編の小説を読んでいろいろなことを考えたり感じたりしたので以下それを綴《つづ》っていこうと思う。

それでまず思ったのは自分のなかにあるなにかを言葉を使って此の世に表そうと思うとき、やり方がふたつあるな、ということで、ひとつは自分ひとりでやいやい言うやり方で、もうひとつは自分以外の誰か連れてきてそいつと喋《しゃべ》りながら次第に核心に至るというやり方である。それを実際に照らし合わせて考えると、例えば歌手は、仮にバックバンドがあったとしても、自分ひとりでやいやい言っている感じがするし、漫才とか芝居は誰かを連れてきて、そいつらと会話しながらウダウダやっている感じがする。となると、歌の場合はその内容が詩的にやはりなり、漫才や芝居の場合は物語的にどうしてもなっていく、とまで言うと飛躍しすぎか。

だけどその時、自分のなかにあるもの、ってなになのか。そして、その時、それを表したいと思ったそもそもの動機は奈辺に存すのか。それが「生き方の問題」が長い長い手紙の形をとったこと、「最高の任務」が長い長い日記の形をとったことと深い関係があるような気がする。

それは例えば「生き方の問題」では手紙の書き手が勿論、その手紙が相手に読まれることを熱望しながら、しかしもしかしたら途中で読むのをやめるかも知れないと何度も思い、もしやめたらこうなるということに言及していたり、「最高の任務」ではかつて書いていた日記が、ゆき江ちゃん、に読まれることを熱望しながら、誰にも読まれない、という前提で書く居心地の悪さ、に現れている。

その居心地の悪い感じは自分というものの不確かさに由来するもので、自分以外誰もおらずだけど何処《どこ》かに監視カメラがある可能性は否定できない、という設定で、「うーん。インコが欲しいなあ」などと心にもない独り言を、いかにもつい口を衝《つ》いて出た言葉のように本当らしく言ってみた後、本当にインコを買ってしまったとき、自分の本意と言葉のどちらが主導してこのインコをもたらしたのかがわからなくなるような不確かさである。

そしてその時、自分はなんでインコが欲しいと言ったのか。そんなものが自分が此の世に表したかった自分なのか。もしかしたら自分はバカなのか、という烈《はげ》しい問いを自らに問うことになる。

いやさ申し訳なかった。茲にはそんなインコが欲しいなどという馬鹿なことは書いてない。それは例として挙げたに過ぎず、つまりなにが言いたかったかというと、自分のなかにあるものを表したいと思う時、人は、それを誰にも読まれたくないという気持ちがありながら、誰かに読んで欲しいという気持ちもまたあるという、どっちなんじゃ？こらぁ的な状態に陥って、その結果、右に例を挙げたような不自然な振る舞いに及ぶということである。

その奇妙な感じというのはでも人間の本質的ななにかであるようで、小説家が実在の人物をモデルにして小説を書き、それにむかついたモデルが裁判を起こす、なんてことが過去にあったが、その際、モデルにされた人物はふたつの矛盾する主張をする。その一は、「これは明らかにどこからどう見ても自分。誰が読んでも自分である」という主張で、その一は、「これには実際の自分と異なった誇張や捏造《ねつぞう》がある」という主張である。もちろん自分という無二の存在を好き勝手に書かれるのはむかつくし世間に誤解されて迷惑、というのはよくわかる。そこで反省した作者が小手先の技術を駆使して、どう読んでも誰だかわからないように書き換えるなどして、モデルとされた人の名誉を傷つけないよう配慮したところで、それがいったん書かれたという事実がある以上、不快感は拭《ぬぐ》えないし、書き換えられたということによってさらなる不快感が生まれるということもある。

つまり書いても居心地が悪いし、書かれてもむかつく。それを知っているから初手から書かないか書いても読者を求めないでいようと思うのだけれども、そう思いつつ常に読者を欲する気持ちが自分のなかにあることを知って当惑してしまうのである。

「生き方の問題」は手紙の体裁をとってある。そしてその手紙は通常の度を超して長い。それゆえ、通常の手紙と違い、日を継いで書かれているため、一息に書かれるものと違い、ところどころに破れ目が生じる。その破れ目からのぞくのは、貴方、へ語り掛ける自分の今、書かれたことの最先端、これから書かれるであろうことを予感する自分の惑乱で、それこそが右に言った奇妙な感じの正体である。

その手紙には、貴方と僕、のある一日のことが克明に再現されるが、書いている今の自分が破れ目から覗《のぞ》いて、書く前は同一と信じていたその時の自分と今の自分に懸隔・落差が生じ、また、そのことによってその時はわからなかったことがわかってしまい、自分自身にとっても相手にとっても気まずいことになってしまうのである。だけど次のような文章を読むとき自分なんかはそこに自分の無力を知ってなお書き続けるという確信的な意志を感じる。というのは、

過去の出来事が書かれる時、そのまなざしは、実際にその出来事が起こった時もそこにあるというのが、今の僕のおめでたい実感なんだ。あの時、すんでのところで上空から向けられたまなざしが貴方の言う「神様」なら、あの出来事を書こうと一帯の文字に目を落としている僕こそまさにそれなんだ。ところが「神様」は、まなざしとゆるく結ばれた手の動きで始まりと終わりを隔てる以外は完全な無能力とときてるから、二人に手を下したりはしない。ただ粛々と、面白みのない悲劇でもな

い喜劇でもないを、時間から切り離されたものとして、目にしたまま書き続けるだけだ。

という文章で、「今の僕のおめでたい実感」と自嘲的だが、もはや信仰告白のようなものに俺なんかには感じられる。「一帯の文字」というのは、書かれてある文章の、その出来事を記した箇所を物理的に指し、「まなざしとゆるく結ばれた手の動きで始まりと終わりを隔てる」というのは文章を綴る動作とそのことによって記憶のトピックの間と間が細かく分割されて文章化され、文字量が増えていく状態を指し、「二人に手を下したりはしない」というのは、その出来事を都合よく物語にしないということのあからさまな表明で、書くことによってしか自分は救われない、という苛烈な意志のように思えるのである。そしてそれを続けるうち、

こうして文字にどっぷり浸かった思考の過程で、手を動かしながら、自分が限りなくそれに近いまなざしを向ける存在であるという気付きを得ることがある。

と言う。それというのは「神様」のことで、そのようにして書くことによってついに、時間を超越して書くことによって禅家の言う身心脱落のような感覚を摑《つか》みかけるのだけれども、そうするうち、

やがて頭はうだるような文字列に耐えきれず、文字からざばりと上がってしまう。そこでひとたび貴方のことを思うなりすると、自分がこの現実に息をする欲ずくの存在だという自覚に帰って来るほかないので、非道い無力感に苛まれるんだ。

とそれが現実と往還することによって成り立つものであり、その現実に自分が有限の命で此の世に参加している以上、それから免《まぬが》れて超越的な存在であることは許されないということが告白されるのである。

一方、「最高の任務」は日記について書いた日記の体裁をとっている。そんな日記であるかいっ、と思うほどに長い日記である。手紙には相手があるが日記の相手は自分である。しかし、そこには「生き方の問題」と同じく、熱烈に語られる対象がある。

そしてそれが黙して語らないというのも同一である。相手が語ればそれは劇になっていく。だけど相手が語らない場合、それは歌になる。相聞歌になったり挽歌になったりするのである。

歌が物語を孕《はら》むことはそれはもちろんあるが、しかし歌を歌たらしめているのはそれではない。ではなにかというと、節であり、拍子であり、声の震えである。それさえ横溢《おういつ》しておれば歌の文句がたとえ、〽にゃにゃにゃにゃにゃにゃにゃーにゃんにゃん、にゃーん、ぎゃあああっ、という意味のないものであっても人の心は動く。

つまり、文句で人の心に訴えかけるのは歌としては邪道であり、そんなものは絵画の解説文のようなものであって、あればわかりやすいが、そもそもの作意にはなんの関係もないものである。

というような考えを「最高の任務」の向こう側に俺なんかは見てしまう。亡くなった叔母の目に映った姪である自分が、すてきであること、という任務を実行に移す、ということの話が、なにから導き出されたのか。そんなことを考えてしまう。

もしそれが、ただ単に草が風にそよいでいる様、たまたま訪れた祠《ほこら》の傍《かたわ》らにあった縁起を記した解説文、なんの感慨も生むはずがなく、したがってストーリーを拵《こしら》えようがない、にもかかわらずいつまでも記憶に残る柵とか陸橋とか電柱とかそんなもの、から自然に生じたものだとしたら、と考え戦慄《せんりつ》する。なんとなればそれこそが俺らの生そのものだし、物語に逃げず、それから目をそらさないで自分をつらぬく事が俺らに課せられた、最高の任務、であると思うからである。

本書は小社より二〇二〇年一月に刊行されました。

|著者| 乗代雄介　1986年、北海道江別市生まれ。2015年『十七八より』で第58回群像新人文学賞を受賞し、デビュー。2018年『本物の読書家』で第40回野間文芸新人賞受賞。2021年『旅する練習』で第34回三島由紀夫賞受賞。その他の著書に『ミック・エイヴォリーのアンダーパンツ』『皆のあらばしり』『パパイヤ・ママイヤ』がある。

最高《さいこう》の任務《にんむ》
乗代雄介《のりしろゆうすけ》

2022年12月15日第1刷発行

発行者――鈴木章一
発行所――株式会社　講談社
東京都文京区音羽2-12-21　〒112-8001
電話　出版（03）5395-3510
　　　販売（03）5395-5817
　　　業務（03）5395-3615
Printed in Japan

講談社文庫
定価はカバーに
表示してあります

KODANSHA

デザイン―菊地信義
本文データ制作―講談社デジタル製作
印刷―――株式会社KPSプロダクツ
製本―――株式会社国宝社

ISBN978-4-06-530245-3

講談社文庫刊行の辞

二十一世紀の到来を目睫に望みながら、われわれはいま、人類史上かつて例を見ない巨大な転換期をむかえようとしている。

世界も、日本も、激動の予兆に対する期待とおののきを内に蔵して、未知の時代に歩み入ろうとしている。このときにあたり、創業の人野間清治の「ナショナル・エデュケイター」への志を現代に甦らせようと意図して、われわれはここに古今の文芸作品はいうまでもなく、ひろく人文・社会・自然の諸科学から東西の名著を網羅する、新しい綜合文庫の発刊を決意した。

激動の転換期はまた断絶の時代である。われわれは戦後二十五年間の出版文化のありかたへの深い反省をこめて、この断絶の時代にあえて人間的な持続を求めようとする。いたずらに浮薄な商業主義のあだ花を追い求めることなく、長期にわたって良書に生命をあたえようとつとめるところにしか、今後の出版文化の真の繁栄はあり得ないと信じるからである。

同時にわれわれはこの綜合文庫の刊行を通じて、人文・社会・自然の諸科学が、結局人間の学にほかならないことを立証しようと願っている。かつて知識とは、「汝自身を知る」ことにつきていた。現代社会の瑣末な情報の氾濫のなかから、力強い知識の源泉を掘り起し、技術文明のただなかに、生きた人間の姿を復活させること。それこそわれわれの切なる希求である。

われわれは権威に盲従せず、俗流に媚びることなく、渾然一体となって日本の「草の根」をかたちづくる若く新しい世代の人々に、心をこめてこの新しい綜合文庫をおくり届けたい。それは知識の泉であるとともに感受性のふるさとであり、もっとも有機的に組織され、社会に開かれた万人のための大学をめざしている。大方の支援と協力を衷心より切望してやまない。

一九七一年七月

野間省一

講談社文庫　最新刊

講談社文芸文庫

菊地信義　水戸部　功　編

装幀百花

菊地信義のデザイン

解説・年譜＝水戸部　功

装幀デザインの革新者・菊地信義がライフワークとして手がけた三十五年間の講談社文芸文庫より百二十一点を精選。文字デザインの豊饒な可能性を解きあかす決定版作品集。

きL1

978-4-06-530022-0

小島信夫

各務原・名古屋・国立

解説＝高橋源一郎　年譜＝柿谷浩一

妻が患う認知症が老作家にもたらす困惑と生活の困難。生涯追い求めた文学表現探求の試みに妻との混乱した対話が重ね合わされ、より複雑な様相を呈する——。

こA11

978-4-06-530041-1

講談社文庫 目録

平岩弓枝 はやぶさ新八御用旅(三)〈日光例幣使道の殺人〉
平岩弓枝 はやぶさ新八御用旅(四)〈北前船の事件〉
平岩弓枝 はやぶさ新八御用旅(五)〈諏訪の妖狐〉
平岩弓枝 はやぶさ新八御用旅(六)〈紅花染め秘帳〉
平岩弓枝 新装版 はやぶさ新八御用帳(一)〈大奥の恋人〉
平岩弓枝 新装版 はやぶさ新八御用帳(二)〈江戸の海賊〉
平岩弓枝 新装版 はやぶさ新八御用帳(三)〈又右衛門の女房〉
平岩弓枝 新装版 はやぶさ新八御用帳(四)〈鬼勘の娘〉
平岩弓枝 新装版 はやぶさ新八御用帳(五)〈御守殿おたき〉
平岩弓枝 新装版 はやぶさ新八御用帳(六)〈春月の雛〉
平岩弓枝 新装版 はやぶさ新八御用帳(七)〈寒椿の寺〉
平岩弓枝 新装版 はやぶさ新八御用帳(八)〈春怨 根津権現〉
平岩弓枝 新装版 はやぶさ新八御用帳(九)〈王子稲荷の女〉
平岩弓枝 新装版 はやぶさ新八御用帳(十)〈幽霊屋敷の女〉
東野圭吾 放課後
東野圭吾 卒業
東野圭吾 学生街の殺人
東野圭吾 魔球
東野圭吾 十字屋敷のピエロ
東野圭吾 眠りの森
東野圭吾 宿命
東野圭吾 変身
東野圭吾 仮面山荘殺人事件
東野圭吾 天使の耳
東野圭吾 ある閉ざされた雪の山荘で
東野圭吾 同級生
東野圭吾 名探偵の呪縛
東野圭吾 むかし僕が死んだ家
東野圭吾 虹を操る少年
東野圭吾 パラレルワールド・ラブストーリー
東野圭吾 天空の蜂
東野圭吾 どちらかが彼女を殺した
東野圭吾 名探偵の掟
東野圭吾 悪意
東野圭吾 私が彼を殺した
東野圭吾 嘘をもうひとつだけ
東野圭吾 赤い指
東野圭吾 流星の絆
東野圭吾 新装版 浪花少年探偵団
東野圭吾 新装版 しのぶセンセにサヨナラ
東野圭吾 新参者
東野圭吾 麒麟の翼
東野圭吾 パラドックス13
東野圭吾 祈りの幕が下りる時
東野圭吾 危険なビーナス
東野圭吾 時《トキ》生《オ》〈新装版〉
東野圭吾 希望の糸
東野圭吾作家生活25周年祭り実行委員会 東野圭吾公式ガイド〈読者1万人が選んだ東野作品人気ランキング発表〉
東野圭吾作家生活35周年実行委員会 編 東野圭吾公式ガイド〈作家生活35周年ver.〉
平野啓一郎 高瀬川
平野啓一郎 ドーン
平野啓一郎 空白を満たしなさい(上)(下)
百田尚樹 永遠の0《ゼロ》
百田尚樹 輝く夜
百田尚樹 風の中のマリア
百田尚樹 影法師
百田尚樹 ボックス!(上)(下)

講談社文庫　目録

講談社文庫　目録

2022年9月15日現在